齊白石 著

插圖珍藏本

白石老人自述

■臉譜書房 FS0002

白石老人自述

作者　齊白石
責任編輯　鄭立俐
發行人　蘇拾平
出版　臉譜出版
發行　城邦文化事業股份有限公司
台北市信義路二段 213 號 11 樓
電話：（02）2396-5698　傳真：（02）2357-0954
網址：www.cite.com.tw
e-mail: service@cite.com.tw
郵撥帳號 1896600-4　城邦文化事業股份有限公司
香港發行所　城邦（香港）出版集團
香港北角英皇道 310 號雲華大廈 4/F, 504 室
電話：25086231　傳真：25789337
馬新發行所　城邦（馬新）出版集團
Penthouse, 17, Jalan Balai Polis,
50000 Kuala Lumpur, Malaysia
電話：603-90563833　傳真：603-90562833
e-mail: citekl@cite.com.tw
初版一刷　2001 年 4 月 15 日

ISBN　957-469-390-2

定價：380 元

白石老人作畫的神態。

白石老人與孫女。

捧葫蘆人物（圖稿）　一九二八年・六十六歲

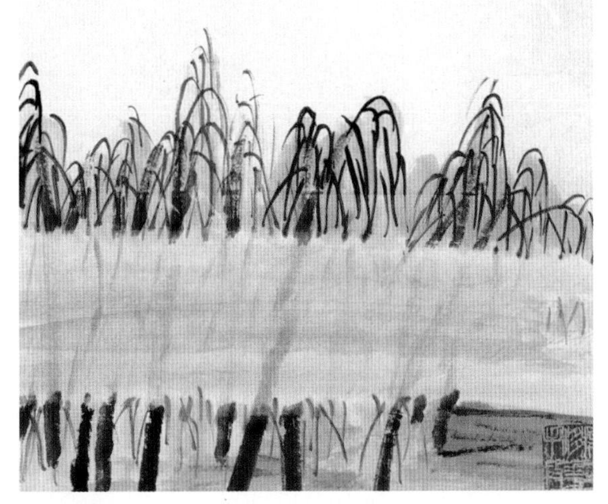

鱗橋煙柳圖　　一九二五年・六十三歲

柳橋獨步　　一九二八年・六十六歲

山水　　約一九三〇年・約六十八歲

耳食　　一九四七年・八十七歲

耳食不知其味也。

江上餘霞　　一九五一年・九十一歲

古樹歸鴉圖　　一九四九年・八十九歲

八哥解語偏饒舌，鸚鵡能言有是非，省卻人間煩惱事，斜陽古樹數鴉歸。

八硯樓頭遠別人，齊白石客京華廿又九年矣。

玉簪蜻蜓　　一九四八年・八十八歲

桃筐蜜蜂圖　　約一九五〇年・約九十歲

五柳先生像　　約一九五〇年・約九十歲

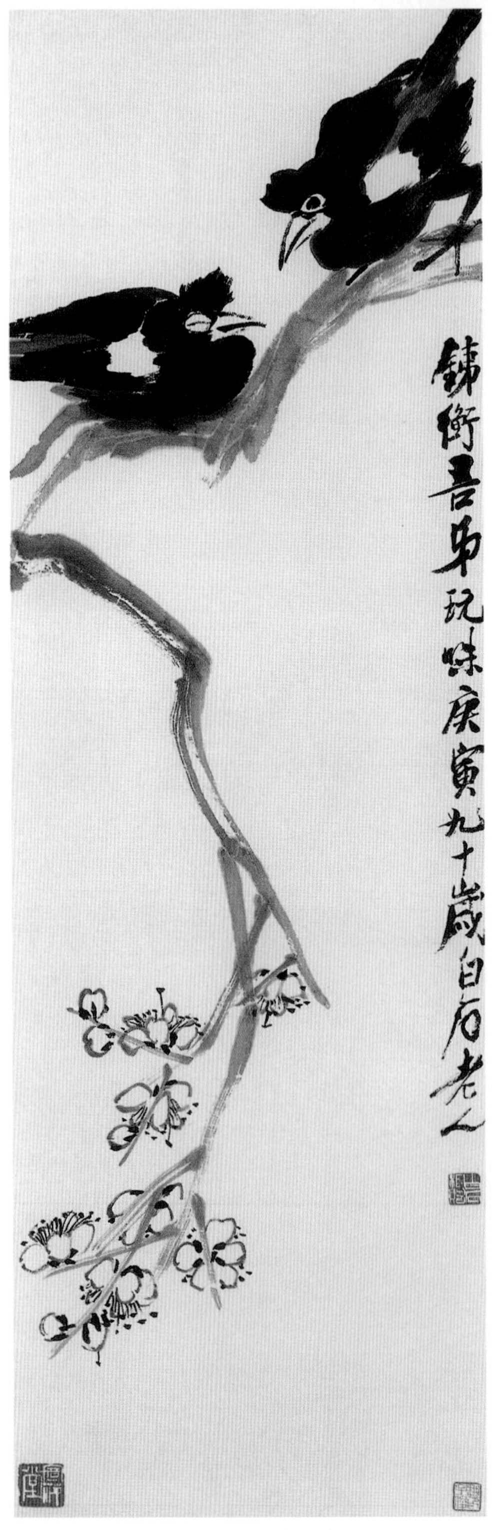

八哥白梅圖　　一九五〇年・九十歲

<序>

齊白石——中國傳統繪畫最後的高峰

何懷碩

青出於藍

二十世紀的中國大畫家，吳昌碩、齊白石、黃賓虹、傅抱石等大師中，能做到「雅俗共賞」，只有齊白石。雅，需要有深度；俗，需要有廣度。只有深度與廣度俱備，才能既得到行家的推崇，也獲得大眾的喜愛。齊白石不但在國際有極高的聲望，在民間也是家喻戶曉；在藝術界，更是眾望所歸。

清朝末年，中國文人寫意畫派最傑出的畫家吳昌碩，也是清代最重要的大書法家與篆刻家。從蘇軾、趙孟頫、徐渭、八大山人、石濤、揚州八怪到趙之謙七八百年來書畫同源的傳統，建立了中國文人畫的主流。尤其到了清代，因為「樸學」大盛，所以「小學」與「金石」（小學即文字學；金石學指歷代鐘鼎彝器碑碣瓦磚形器及銘文的考據研究），直接帶動對於古代書學的研究、鑑賞、臨摹，並融入清代書法家的書法創作之中。最主要的特色是「揚碑抑帖」以及發現「金石美感」。清代大書法家的書法，既崇尚古碑的風味與金石的趣味，當他們以書入畫，也就使畫筆帶著濃厚的剛勁古拙的趣味。趙之謙是其中最有成就的一位書畫家（他同時也是清代最重要的金石篆刻家。大寫意金石畫派也應推他是開山之

祖）。而把金石派推向高峰的就是吳昌碩。吳昌碩之後的畫家，若再走金石派之路，因為很難有趙吳兩位大師金石書法的造詣，便只是學其皮毛，更不易有創造性的發展。

齊白石繼承吳昌碩這條路，卻開拓了文人畫另一個新方向。其情形好似任伯年從他的前輩任渭長、任阜長昆仲與傳統人物畫出發，以其獨特的天賦與深入民間生活的熾熱的真感情，創造了他青出於藍的藝術成就。齊白石差不多完全沿著吳昌碩走過的道路，迤邐而來，本來很可能只是缶翁旄下的士卒。但是，他的天才顯現在他懂得發揮他自己獨特的本質。他有吳昌碩所沒有的，農村工匠出身的村俗與土氣，有更生猛活潑的平民生活的生命力，於是，齊白石將宋元以降的士大夫文人畫的方向扭轉過來，造成一個雅俗共賞的局面。

平民大眾的文人畫家

齊白石本名純芝，號渭清、蘭亭，又名瑞林，字瀕生、濱生，小名阿芝。後取名璜，號白石山人、白石、白石翁、老白，又號寄萍、老萍、借山翁、杏子塢老民、齊大、木居士、木人、三百石印富翁、星塘老屋後人……，名號之多，媲美古人。一八六三年生於湖南省湘潭縣杏子塢星斗塘。一九五七年九月十六日，在北平「北京醫院」逝世，享年九十五歲。他七十五歲時聽算命先生教他用「瞞天過海法」加了兩歲，以避災厄，所以他在畫上自署九十七歲，實際是九十五歲。歷代畫家享高壽者不在少數，但到了九五高齡仍能揮毫無礙者則難能可貴。齊白石生命力之旺盛，只有畢卡索可與比匹。

齊白石的畫風既然是由八大、八怪、趙之謙、吳昌碩而來，繼承在野文人畫的傳統，而且其風格面目，尤其與八大、金農、老缶如此相近，為什麼仍享有最高的評價？我認為主要在於齊白石的創造性，表現在將傳統文人畫的美感情趣轉向移位，開闢了一個平民化、世俗化的繪畫天地，注入了生機活潑的世俗人情。簡言之，他獨立將傳統士大夫的文人畫扭轉成為世俗平民的「風俗畫」(「風俗畫」是描繪日常社會生活的繪畫。十五、十六世紀文藝復興時期大盛，以與宗教畫相頡頏。十七至十九世紀日本江戶時期的浮世繪，也是風俗畫的典範。在我國漢代畫像石、畫像磚中有描繪社會生活的圖畫，唐宋更有《貨郎圖》與《清明上河圖》等，皆風俗畫之名作。齊白石雖然以花鳥為主要題材，但他偏愛民間生活器具與尋常農村所見草木昆蟲為對象，而且也有許多表現民間生活的人物畫。就這些方面而言，他的畫也屬風俗畫的範疇）。其強烈的人間性使傳統繪畫的僵化規範得以突破，而注入藝術家赤裸裸的真情實感；尤其將士大夫文人畫的高古玄奧轉化為平民化的雅健清真。如果還是以「文人畫」來界定齊白石的畫風，那麼，士大夫的文人畫是讀書人的「文人畫」，齊白石則是平民大眾的「文人畫」。

齊白石繼承了文人畫傳統的精華。「何謂文人畫？即畫中帶有文人之性質，含有文人之趣味。」而以「思想、學問、才情、人品」為特質。這是陳衡恪（師曾）對文人畫的看法。「文人畫」原來也被稱為「士大夫寫意畫」。具體而言，包括了幾個特色：寫意的技巧，以水墨為主或淡設色，書畫同源（在用筆方面常以書法用筆為依據），詩（文）、書法與畫合一，加上篆刻，成為「三絕」或「四絕」的綜合體。

不論就文人畫的精神內涵或形式技法，齊白石差不多都繼承了這個傳統。從他拜文人為師，在詩文、書法、篆刻上努力學習；從他在繪畫上宗法青藤、八大、缶廬這些方面來說，齊白石是以一個貧窮的農工子弟向士大夫階層靠攏，而獲得成功的奇蹟；從他成為文人畫家之後，仍不掩飾他原來的農民身分，不忘懷農家生活，時時以民間社會生活為藝術創作的源泉來說，齊白石是一個變體的文人畫家。換言之，齊白石以他向上追求所取得的「思想」與「學問」（包括書畫篆刻的技巧），回過頭來表現一個農村子弟的「才情」與「人品」。如果齊白石僅僅是八大、吳昌碩以後的另一個知識階層的「文人畫家」，他便很難有什麼獨特之處，更很難有他不可抹殺的歷史地位。

齊白石在文人畫最後的大師吳昌碩之後，原來處於文人畫偃旗息鼓、蟬曳殘聲的時代，處於西風逐漸進入中國畫壇，許多先知先覺（如徐悲鴻、林風眠）躍躍欲試，正要掀起中國繪畫傳統一

個最激烈的藝術變革的時代，而能創造日落西山的文人畫另一個高潮，在繪畫史上佔有一席之地，就因為他改變了士大夫文人畫的氣質，創造了平民百姓的「文人畫」風格。論學問與技法，絕非前人或他人絕未達到或不可企及，齊白石的不可及處，乃在他的赤誠：以一個農夫的質樸之心運文人之筆，卻能創造出前所未有的境界。他的赤誠，就表現於當他由貧困、由不學無文提升為文人畫家之後，他並沒有疏離他原來的鄉土感情，沒有變成一個典型的舊時代的文人，沒有背叛他所來自的社會階層，沒有忘本。正如孔子自白：「余少也賤，故多能鄙事。」齊白石自序作品選集有云：「余少貧，為牧童及木工。一飽無時，而酷好文藝。」齊白石的才情與人品，不是飄然遠引、高古絕俗的文人風範，卻是中國社會匹夫匹婦最真摯、最平凡的典型。豐富的生活體驗，血濃於水的人間眷戀，不恥貧賤，不攀榮附勢，不欺世盜名，頑強獨立的人格精神，都表現在他最具特色的作品中。

抒懷抱，寓褒貶，能人所不能

齊白石一生中最多的作品是花卉、翎毛、蔬果、草蟲。在傳統中國花鳥畫中，除了表現生機活潑、賞心悅目的生態，或是吉祥如意、多福多壽多祿等人生普遍的願望之外，最多表現了對道德情操的頌讚，例如四君子之類。此外，齊白石承繼八大山人的精神，把對現實社會的關懷、批判和憤懣，透過諷刺的手法表現出來。而且，齊白石大大的擴大了「花鳥畫」的題材，許多過去文人畫家不屑看、不敢想、不屑畫的凡庸的物象，齊白石真正做到「點鐵成金」，並透過詩文題識，賦予深刻、強烈、鮮活的思想感情。這方面，他把八大的心法向前推進了一大步。徐悲鴻讚美他「致廣大，盡精微」。在借物言志、寄寓深曲、褒貶分明上，齊白石確睥睨古人。

柴耙、農具、算盤這些東西，原來都不登大雅，但齊白石使之入畫，並注入了親切的感情，賦予強烈深刻的思想。在《柴耙》一畫中，他題上詩文。詩曰：

似爪不似龍與鷹，搜枯爬爛七錢輕。
（余小時買柴耙於東鄰，七齒者需錢七文。）
入山不取絲毫碧，過草如梳鬢髮青。
遍地松針衡嶽路，半林楓葉麓山亭。
兒童相聚常嬉戲，並欲爭騎竹馬行。

文曰：

余欲大翻陳案，將少小時取用過之物器一一畫之。權時（碩按：暫時也）畫此柴耙第二幅。白石並記。

這幅畫完全是篆書筆法，雄健蒼勁、簡潔率真而富於生活真切的體味。

在《發財圖》一畫中，畫的只是一具老式算盤。題曰：

丁卯五月之初，有客至，自言求余畫發財圖。余曰：發財門路太多，如何是好？曰：煩君姑妄言者。余曰：欲畫趙元帥否？曰：非也。余又曰：欲畫印璽衣冠之類耶？曰：非也。余又曰：刀槍繩索之類耶？曰：非也，算盤何如？余曰：善哉！欲人錢財而不施危險，乃仁具耳。余即一揮而就，並記之。時客去後，余再畫此幅藏之篋底。三百石印富翁又題原記。

這幅畫所說的「丁卯」是一九二七年，白石六十五歲。齊白石之不可及處，從此畫中可以深深領略。這幅畫的好，與其說是畫好，不如說是文學的好，思想的好；總的說，就是構思的高妙。這一段題記，已經是一篇上乘的文章：幽深曲折，話中有話，把白石老人對世情的抨擊，對人間的諷刺，痛快淋漓的表達出來。發財門路甚多，算盤雖然亦可以為奸商欺詐顧客之工具，但不若官吏（印璽衣冠）與強盜（刀槍繩索）之敲詐勒索，故算是「仁具」。白石老人的幽默感與旁敲側擊，而深中要害的諷刺手法，在他其

他許多畫作中也時時可見，如他的《不倒翁》一畫。因為王方宇先生的辛勤收集，現在我們可以看到《不倒翁》起碼有五幅，雖然各大同小異，但題畫詩就有三種：

能供兒戲此翁乖，打倒休扶快起來。
頭上齊眉紗帽黑，雖無肝膽有官階。

烏紗白扇儼然官，不倒原來泥半團；
將汝忽然來打破，通身何處有心肝？

秋扇搖搖兩面白，官袍楚楚通身黑。
笑君不肯打倒來，自信胸中無點墨。

《不倒翁》詩畫皆絕。就詩而言，齊白石的詩總帶有一點打油詩的泥土氣，但這不但不成為缺點，其真摯熱烈、痛快淋漓與率直鮮明，反成為其優點。連當時的著名詩人樊樊山（增祥）對白石詩也刮目相看，曾為其《借山吟館詩草》序，曰：「瀕生書畫皆力追冬心。今讀生詩，遠在花之寺僧之上，真壽門嫡派也。」

強烈的愛憎，尤其表現在對權貴的輕蔑、對官吏的揶揄上。齊白石曾刻「江南布衣」一印。他由農家子弟而精通文墨，卻沒有傳統文人虛矯腐酸的習氣，而有傳統士人不屈不移的傲骨。從他的自傳，我們可以看到他不論對官邪兵禍，或侵華日寇，都深惡痛絕。他自己則不但恥於攀附權貴，也無心為官。當他四十一歲，樊樊山要在慈禧太后面前推薦他，「也許也能弄個六七品的官銜」，夏午詒也想給他捐個縣丞，但都為白石所婉拒。

一個有才華的藝術家，不論一生如何蹇連困頓，總有某些否極泰來的鴻運，所謂「天道好還」。但是，如果沒有玉石般堅貞的志節，沒有對藝術最誠摯的酷愛，某些「鴻運」實在就是藝術生命生死存亡的考驗，通不過這些考驗，便從此墮落泥塗。齊白石以近一個世紀的漫長歲月，孜孜不倦在藝術上的追求，卻始終潔身自愛。正如周敦頤所言：出污泥而不染。一個藝術家的成功首先是人格上的高超，良有以也。

百花釀蜜，文人畫最後的高峰

齊白石一生的成就，是由眾多因素集合而成的。他曾說過：「我六十年來的成就，無論在篆刻、畫、詩文多方面說來，不都是從古書中得來的。有的是從現在朋友和學生中得來的。我像吃了千千萬萬人的桑葉，才會吐出絲來；又似採了百花的蜜汁，才釀造出甜蜜。」

如果沒有徐渭、八大、石濤、金農、苦鐵等大家，就沒有齊白石。而能貫通各家，兼採眾長，熔鑄成一家，而以之寫自家獨特胸臆，真所謂之活學傳統，不為古人奴。齊白石自稱「詩第一，篆刻第二，字第三，畫第四」，以我的淺見，齊白石還應是畫第一，詩文第二，篆刻第三，字第四。一人而能囊括四絕，而且各項都能戛戛獨造，在藝術史上佔有重要的地位，除吳昌碩之外，史所未之曾見。吳昌碩在書法、篆刻上雖然高過白石，白石在詩文上卻又略勝一籌。論畫，吳昌碩的古樸鏗鏘前無古人，而白石的廣大與真摯也不可企及。白石老人的生命與藝術合而為一，所畫的各有實情、實地、實物與實生活，他一生的畫作，可以看作是一部豐富至極的「旅世畫記」——他確以畫來記述他一生所見、所聞、所感、所思、所悲、所憤、所愛、所悅。

齊白石以一人而綜合數千年金石書畫的綿長傳統，而且由一介農夫、工匠而自我追尋，努力提昇，脫胎換骨而達到書畫藝術的顛峰，一生所走過的路，尤其曲折迢遙。他與吳昌碩同是長壽畫家，而且生命力極其旺盛。他閱歷之富，體驗人世之深，使他的題材與感情之豐盛，如取之不竭的源頭活水。而他少小時期極貧窮困苦的生活，使他對中國貧民的處境有深切的體驗，也塑造了他的性格、人格與風格。齊白石一生境遇是得天獨厚。俗語說「遇貴人扶持」，確是他特殊的緣福。他二十七歲以後，得到許多大名士、大詩家的栽培、提攜，後來又得到學院派文人畫家的獎掖、勸導、推崇與引介，進步神速，乃至揚名中外。林風眠、徐悲鴻、陳師曾對他知遇之隆，特別是陳師曾的勸導，至為重要。

白石詩中有許多對師友感恩的篇什，在自傳中也屢屢述及。

他不隱瞞，不負恩，虔敬坦誠，令人感動。

齊白石一生中對藝術不渝的追求，從不見異思遷，不論逆境順境，都堅持一個藝術家的風格，不欺世盜名，不貪慕權勢；活到老，學到老，堅苦卓絕，為藝術鞠躬盡瘁。這些因素是齊白石成功的條件。

齊白石自傳統的農業社會中來，一生浸淫在傳統的詩書畫的研習與創作中，表現的是農村平民大眾的感情。他似乎與歷史變遷中的大時代不發生關聯。他五十歲的時候，辛亥革命已經成功。在他往後近半個世紀的生涯中，他的藝術沒有反映這個變遷的時代，有與過去不同的思想感情，更沒有對於中國藝術已經在醞釀現代化的變革，有所省思。毫無疑問，這正顯示了齊白石藝術中的局限。林風眠、徐悲鴻等現代化先趨對齊白石的推崇，卻不曾引起他藝術思想革新的自覺。「在京者近官，沒海者近商」（周樹人語）。齊白石與「官」毫無瓜葛，不過，近官保守，近商進取。「京派」與「海派」不同在此。齊白石在古都生活數十年，他畢竟是寄居於亂世的舊派人物，他還不能感受到他所賴以成長的舊中國已漸漸衰亡。他到底只成了舊時代與新時代交替之間的遺老。中國美術現代化的革新，期待的是接受了西潮洗禮的後來者。

吳昌碩逝世的時候，齊白石六十四歲。白石詩云：「我欲九泉為走狗，三家門下轉輪來。」「三家」之一是老缶（吳昌碩），他卻不曾拜晤過，令人不無參商之感。吳、齊畫路相同，但思想與品味不同。他們的成就卻難以軒輊。一個是高古的文人，一個是素樸的農夫，齊白石是吳昌碩之後傳統文人畫家最後的顛峰。

二〇〇一年二月

＊本文作者為水墨名家暨藝評家，現任國立藝術學院美術系教授。

目錄

這篇「自述」之作，是白石老人七十一歲時，計畫請吳江金松岑為他寫傳，他自己口述生平，由他的門人張次溪筆錄後寄給金氏，作為寫傳的基本素材。惟因世事推移，白石老人時作時輟，至齊氏晚年，體力漸衰，更屢續屢斷，所以本篇「自述」僅止於一九四八年，時齊氏已八十有八。

出生時的家庭狀況

壹

出生時的家庭狀況

（一八六三）

窮人家孩子，能夠長大成人，在社會上出頭的，真是難若登天。我是窮窩子裏生長大的，到老總算有了一點微名。回想這一生經歷，千言萬語，百感交集。從哪裏說起呢？先說說我出生時的家庭狀況吧！

我們家，窮得很哪！我出生在清朝同治二年（癸亥・一八六三）十一月二十二日，我生肖是屬豬的。那時，我祖父、祖母、父親、母親都在堂，我是我祖父母的長孫，我父母的長子。我出生後，我們家就五口人了。家裏有幾間破屋，住倒不用發愁，只是不寬敞罷了。此外只有水田一畝，在大門外曬穀場旁邊，叫做「麻子丘」。這一畝田，比別家的一畝要大得多，好年成可以打上五石六石的稻穀，收益真不算少，不過五口人吃這麼一點糧食，怎麼能夠管飽呢？我的祖父同我父親，只好去找零工活做。我們家鄉的零工，是管飯的，做零工活的人吃了主人的飯，一天才掙得二十來個制錢的工資。別看這二十來個制錢為數少，還不是容易掙到手的哩！第一、零工活不是天天有得做；第二，能做零工活的人又挺多；第三、有的人搶著做，情願減少工資去競爭；第四、凡是出錢僱人做零工活的，都是刻薄鬼，不是好相處的。為了這幾種原因，做零工活也就是「一天打魚，三天曬網」，混不飽

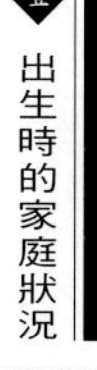

一家的肚子。沒有法子，只好上山去打點柴，賣幾個錢，貼補家用。就這樣，一家子對付著活下去了。

我是湖南省湘潭縣人。聽我祖父說，早先我們祖宗，是從江蘇省碭山縣搬到湘潭來的，這大概是明朝永樂年間的事。剛搬到湘潭，住在什麼地方，可不知道了。只知在清朝乾隆年間，我的高祖添鎰公，從曉霞峰的百步營搬到杏子塢的星斗塘，我就是在星斗塘出生的。杏子塢，鄉裏人叫它杏子樹，又名殿子村。星斗塘是早年有塊隕星，掉在塘內，所以得了此名，在杏子塢的東頭，紫雲山的山腳下。紫雲山在湘潭縣城的南面，離城有一百來里地，風景好得很。離我們家不到十里，有個地方叫煙墩嶺，我們的家祠在那裏，逢年過節，我們姓齊的人，都去上供祭拜，我在家鄉時候，是常常去的。

我高祖以上的事情，祖父在世時，對我說過一些，那時我年紀還小，又因為時間隔得太久，我現在已記不得了，只知我高祖一輩的墳地，是在星斗塘。現在我要說的，就從我曾祖一輩說起吧！

我曾祖潢命公，排行第三，人稱命三爺。我的祖宗，一直到我曾祖命三爺，都是務農為業的莊稼漢。在那個年月，窮人是沒有出頭日子的，莊稼漢世世代代是個莊稼漢，窮也就一直窮下去啦！曾祖母的姓，我不該把她忘了。十多年前，我回到過家鄉，問了幾個同族的人，他們比我長的人，已沒有了，存著的，輩分年紀都比我小，他們都說，出生得晚，誰都答不上來。像我這樣老而糊塗的人，真夠豈有此理的了。

我祖父萬秉公，號宋交，大排行是第十，人稱齊十爺。他是一個性情剛直的人，心裏有了點不平之氣，就要發洩出來，所以人家都說他是直性子、走陽面的好漢。他經歷了太平天國的興亡盛衰，晚年看著湘勇（即「湘軍」）搶了南京的天王府，發財回家，置地買屋，美得了不得。這些殺人的劊子手們，自以為有過汗馬功勞，都有戴上紅藍頂子的資格（清制：一二品官戴紅頂子，三四品官戴藍頂子），他們都說：「跟著曾中堂（指曾國藩）打過長毛」，自鳴得意，在家鄉好像京城裏的黃帶子一樣（清朝皇帝的本家，近支的名曰宗室，腰間繫一黃帶，俗稱黃帶子；遠房的名曰覺羅，腰間繫一紅帶，俗稱紅帶子。黃帶子犯了法，不判死罪，最重的罪名，發交宗人府圈禁，所以他們胡作非為，人均畏而避之），要比普通老百姓高出一頭，什麼事都得他們佔便宜，老百姓要吃一些虧。那時候的官，沒有一個不和他們一鼻孔出氣的，老百姓得罪了他們，苦頭就吃得大了。不論官了私休，他們總是從沒理中找出理來，任憑你生著多少張嘴，也搞不過他們的強辭奪理來。甚至在風平浪靜，各不相擾的時候，他們看見誰家老百姓光景過得去，也想沒事找事，弄些油水。

我祖父是個窮光蛋，他們打主意，倒還打不到他的頭上去，但他看不慣他們欺壓良民，無惡不作，心裏總是不服氣，忿忿地對人說：「長毛並不壞，人都說不好，短毛真厲害，人倒恭維他，天下事還有真是非嗎？」他就是這樣不怕強暴，肯說實話的。他是嘉慶十三年（戊辰・一八〇八）十一月二十二日生的，和我的生日是同一天。他常說：「孫兒和我同一天生日，將來長大了，一定忘不了我的。」他活了六十七歲，歿於同治十三年（甲戌・一八七四）的端陽節，那時我十二歲。

我祖母姓馬，因為祖父人稱齊十爺，人就稱她為齊十娘。她是溫順和平、能耐勞苦的人，我小時候，她常常戴著十八圈的大草帽，背了我，到田裏去幹活。她十歲就沒了母親，跟著她父親傳虎公長大的，娘家的光景，跟我們差不多。道光十一年（辛卯・一八三一）嫁給我祖父，遇到祖父生了氣，總是好好地去勸解，人家都稱她賢慧。她比我祖父小五歲，是嘉慶十八年（癸酉・一八一三）十二月二十三日生的，活了八十九歲，歿於光緒二十七年（辛丑・一九〇一）十二月十九日，那時我三十九歲。

祖父祖母只生了我父親一個，有了我這個長孫，疼愛得同寶貝似的，我想起了小時候他們對我的情景，總想到他們墳上去痛哭一場。

我父親貰政公，號以德，性情可不同我祖父啦！他是一個很怕事、肯吃虧的老實人，人家看他像是「窩囊廢」（北京俗語，意稱無用的人），給他取了個外號，叫做「德螺頭」。他逢到有冤沒處申的時候，常把眼淚往肚子裏嚥，真是懦弱到了極點了。

我母親的脾氣卻正相反，她是一個既能幹又剛強的人，只要

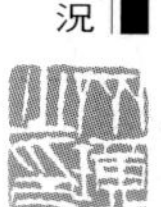

齊白石的父親
八十九歲遺像

自己有理，總要把理講講明白的。她待人卻非常講究禮貌，又能勤儉持家，所以不但人緣不錯，外頭的名聲也挺好。我父親要沒有一位像我母親這樣的人幫助他，不知被人欺侮到什麼程度了。

我父親是道光十九年（己亥・一八三九）十二月二十八日生的，歿於民國十五年（丙寅・一九二六）七月初五日，活了八十八歲。我母親比他小了六歲，是道光二十五年（乙巳・一八四五）九月初八生的，歿於民國十五年三月二十日，活了八十二歲。我一年之內，連遭父母兩喪，又因家鄉兵亂，沒有法子回去，說起了好像刀刺在心一樣！

提起我的母親，話可長啦！我母親姓周，娘家住在周家灣，離我們星斗塘不太遠。外祖父叫周雨若，是個教蒙館的村夫子，家境也是很寒苦的。咸豐十一年（辛酉・一八六一）我母親十七歲那年，跟我父親結了婚。嫁過來的頭一天，我們湘潭鄉間的風

齊白石的母親
八十三歲遺像

俗，婆婆要看看兒媳婦的妝奩的，名目叫做「檢箱」。因為母親的娘家窮，沒有什麼值錢的東西，自己覺得有些寒酸。我祖母也是個窮出身而能撐起硬骨頭的人，對她說：「好女不著嫁時衣，家道興旺，全靠自己，不是靠娘家陪嫁東西來過日子的。」我母親聽了很激動，嫁後三天，就下廚房做飯，粗細活兒，都幹起來了。她待公公婆婆，是很講規矩的，有了東西，總是先敬翁姑，次及丈夫，最後才輪到自己。

我們家鄉，做飯是燒稻草的，我母親看稻草上面，常有沒打乾淨剩下來的穀粒，覺得燒掉可惜，用搗衣的椎，一椎一椎地椎了下來，一天可以得穀一合，一月三升，一年就三斗六升了，積了差不多的數目，就拿去換棉花。又在我們家裏的空地上，種了些麻，有了棉花和麻，我母親就春天紡棉，夏天績麻。我們家裏，自從母親進門，老老小小穿用的衣服，都是用我母親親自織

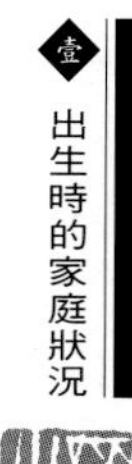

的布做成的，不必再到外邊去買布。我母親織成了布，染好了顏色，縫製成衣服，總也是翁姑在先，丈夫在次，自己在後。嫁後不兩年工夫，衣服和布，足足地滿了一箱。我祖父祖母是過慣了窮日子的，看見了這麼多的東西，喜出望外，高興得了不得，說：「兒媳婦的一雙手，真是了不起。」她還養了不少的雞鴨，也養過幾口豬，雞鴨下蛋，豬養大了，賣出去，一年也能掙些個零用錢，貼補家用的不足。我母親就是這樣克勤克儉地過日子，因此家境雖然窮得很，日子倒過得挺和美。

我出生的那年，我祖父五十六歲，祖母五十一歲，父親二十五歲，母親十九歲。我出生以後，身體很弱，時常鬧病，鄉間的大夫，說是不能動葷腥油膩，這樣不能吃，那樣不能吃，能吃的東西，就很少的了。吃奶的孩子，怎能夠自己去吃東西呢? 吃的全是母親的奶，大夫這麼一說，就得由我母親忌口了。可憐她愛子心切，聽了大夫的話，不問可靠不可靠，凡是葷腥油膩的東西，一律忌食，恐怕從奶汁裏過渡，對我不利。逢年過節，家裏多少要買些魚肉，打打牙祭，我母親總是看著別人去吃，自己是一點也不沾唇的，忌口真是忌得乾乾淨淨。可恨我長大了，作客在外的時候居多，沒有能夠常依膝下，時奉甘旨，真可以說：罔極之恩，百身莫贖。

依我們齊家宗派的排法，我這一輩，排起來應該是個「純」字，所以我派名純芝，祖父祖母和父親母親，都叫我阿芝，後來做了木工，主顧們都叫我芝木匠，有的客氣些叫我芝師傅。我的號，名叫渭清，祖父給我取的號，叫做蘭亭。齊璜的「璜」字，是我的老師給我取的名字。老師又給我取了一個瀕生的號。齊白石的「白石」二字，是我後來常用的號，這是根據白石山人而來的。離我們家不到一里地，有個驛站，名叫白石鋪，我的老師給我取了一個白石山人的別號，人家叫起我來，卻把「山人」兩字略去，光叫我齊白石，我就自己也叫齊白石了。其他還有木居士、木人、老人、老木一，這都是說明我是木工出身，所謂不忘本而已。杏子塢老民、星塘老屋後人、湘上老農，是紀念我老家所在的地方。齊大，是戲用「齊大非耦」的成語，而我在本支，恰又排行居首。寄園、寄萍、老萍、萍翁、寄萍堂主人、寄幻仙奴，是因為我頻年旅寄，同萍飄似的，所以取此自慨。當初取此「萍」字做別號，是從瀕生的「瀕」字想起的。借山吟館主者、借山翁，是表示我隨遇而安的意思。三百石印富翁，是我收藏了許多石章的自嘲。這一大堆別號，都是我作畫或刻印時所用的筆名。

　　我在中年以後，人家只知我名叫齊璜，號叫白石，連外國人都這樣稱呼，別的名號，倒並不十分被人注意，尤其齊純芝這個名字，除了家鄉上歲數的老一輩親友，也許提起了還記得是我，別的人卻很少知道的了。

從識字到上學

從識字到上學

（一八六四～一八七〇）

同治三年（甲子・一八六四），我兩歲。四年（乙丑・一八六五），我三歲。這兩年，正是我多病的時候，我祖母和我母親，時常急得昏頭暈腦，滿處去請大夫。吃藥沒有錢，好在鄉裏人都有點認識，就到藥鋪子裏去說好話，求人情，賒了來吃。我們家鄉，迷信的風氣是濃厚的，到處有神廟，燒香磕頭，好像是理所當然。我的祖母和我母親，為了我，幾乎三天兩朝，到廟裏去叩禱，希望我的病早早能治好。可憐她倆婆媳二人，常常把頭磕得「咚咚」地響，額角紅腫突起，像個大柿子似的，回到家來，算是盡了一樁心願。她倆心裏著了急，也就顧不得額角疼痛了。我們鄉裏，還有一種巫師，嘴裏胡言亂語，心裏詐欺嚇騙，表面上是看香頭治病，骨子裏是用神鬼來嚇唬人。我祖母和我母親，在急得沒有主意的時候，也常常把他們請到家來，給我治病。經過請大夫吃藥，燒香求神，請巫師變把戲，冤枉錢花了真不算少，我的病，還是好好壞壞地拖了不少日子。

後來我慢慢地長大了，能走路說話了，不知怎的，病卻漸漸地好了起來，這就樂煞了我祖母和我母親了。母親聽了大夫的話，怕我的病重發，不吃葷腥油膩，仍忌口忌得乾乾淨淨。祖母下地幹活，又怕我待在家裏，悶得難受，把我背在她背上，形影

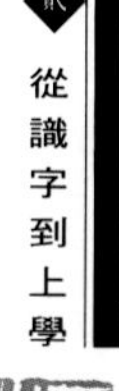

上學圖　約一九三五年・約七十三歲

不離地來回打轉。她倆常說：「自己身體委屈點，勞累點，都不要緊，只要心裏的疙瘩解消了，不擔憂，那才是好的哩！」為了我這場病，簡直把她倆鬧得怕極了。

同治五年（丙寅・一八六六），我四歲了。到了冬天，我的病居然完全好了。這兩年我鬧的病，有的說是犯了什麼煞，有的說是得罪了什麼神，有的說是胎裏熱著了外感，有的說是吃東西不合適，把肚子吃壞了，有的說是吹著了山上的怪風，有的說是出

送學圖
約一九三〇年・約六十八歲

當真苦事要兒為，日日提籠阿母催，學得人間夫婿步，出如繭足反如飛。

門碰到了邪氣，奇奇怪怪的說了好多名目，哪一樣名目都沒有說出個道理來。所以我那時究竟鬧的是什麼病，我至今都沒有弄清楚，這就難怪我祖母和我母親，當時聽了這些怪話，要胸無主宰，心亂如麻了。然而我到了四歲，病確是好了，這不但我祖母和我母親好像心上搬掉了一塊石頭，就連我祖父和我父親，也各長長地舒出了一口氣，都覺得輕鬆得多了。

我祖父有了閒工夫，常常抱了我，逗著我玩。他老人家冬天唯一的好衣服，是一件皮板挺硬、毛又掉了一半的黑山羊皮襖，他一輩子的積蓄，也許就是這件皮襖了。他怕我冷，就把皮襖的大襟敞開，把我裹在他胸前。有時我睡著了，他把皮襖緊緊圍住，他常說：抱了孩子在懷裏暖睡，是他生平第一樂事。他那年已五十九歲了，隆冬三九的天氣，確也有些怕冷，常常揀拾些松枝在爐子裏燒火取暖。他抱著我，蹲在爐邊烤火，拿著通爐子的鐵鉗子，在松柴灰堆上，比劃著寫了個「芝」字，教我認識，說：「這是你阿芝的芝字，你記準了筆畫，別把它忘了！」實在說起來，我祖父認得的字，至多也不過三百來個，也許裏頭還有幾個是半認得半不認得的。但是這個「芝」，確是他很有把握認得的，

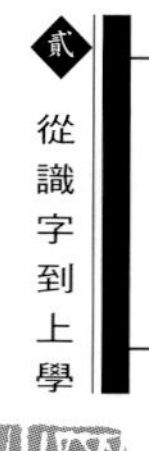

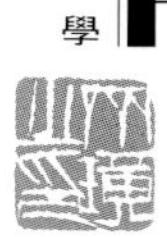

而且寫出來也不會寫錯的。這個「芝」字，是我開始識字的頭一個。

從此以後，我祖父每隔兩三天，教我識一個字，識了一個，天天教我溫習。他常對我說：「識字要記住，還要懂得這個字的意義，用起來會用得恰當，這才算識得這個字了。假使貪多務博，識了轉身就忘，意義也不明白，這是騙騙自己，跟沒有識一樣，怎能算是識字呢？」我小時候，資質還不算太笨，祖父教的字，認一個，識一個，識了以後，也不曾忘記。祖父見我肯用心，稱讚我有出息，我祖母和母親聽到了，也是挺喜歡的。

同治六年（丁卯・一八六七），我五歲。七年（戊辰・一八六八），我六歲。八年（己巳・一八六九），我七歲。這三年，仍由我祖父教我識字。有時我自己拿著松樹枝，在地上比劃著寫起字來，居然也像個樣子，有時又畫個人臉兒，圓圓的眼珠，胖胖的臉盤，很像隔壁的胖小子，加上了鬍子，又像那個開小鋪的掌櫃了。

我五歲那年，我的二弟出生了，取名純松，號叫效林。

我六歲那年，黃茅堆子到了一個新上任的巡檢（略似區長），不知為什麼事，來到了白石鋪。黃茅堆子原名黃茅嶺，也是個驛站，比白石鋪的驛站大得多，離我們家不算太遠，白石鋪更離得近了。巡檢原是知縣屬下的小官兒，論它的品級，剛剛夠得上戴個頂子。這類官，流品最雜，不論張三李四，阿貓阿狗，花上幾百兩銀子，買到了手，居然走馬上任，做起「老爺」來了。芝麻綠豆般的起碼官兒，又是花錢捐來的，算得了什麼東西呢？可是「天高皇帝遠」，在外省也能端起了官架子，為所欲為時作威作虐。別看大官兒勢力大，作惡多，外表倒是有個譜兒，壞就壞在它的骨子裏。惟獨這些雞零狗碎的玩意兒，頂不是好惹的，它雖然沒權力殺人，卻有權力打人的屁股，因此，它在鄉裏，很能嚇唬人一下。

那年黃茅驛的巡檢，也許新上任的緣故，排齊了旗鑼傘扇，紅黑帽拖著竹板，吆喝著開道，坐了轎子，耀武揚威地在白石鋪一帶打圈轉。鄉裏人向來很少見過官面的，聽說官來了，拖男帶女地去看熱鬧。隔壁的三大娘，來叫我一塊走，母親問我：「去不

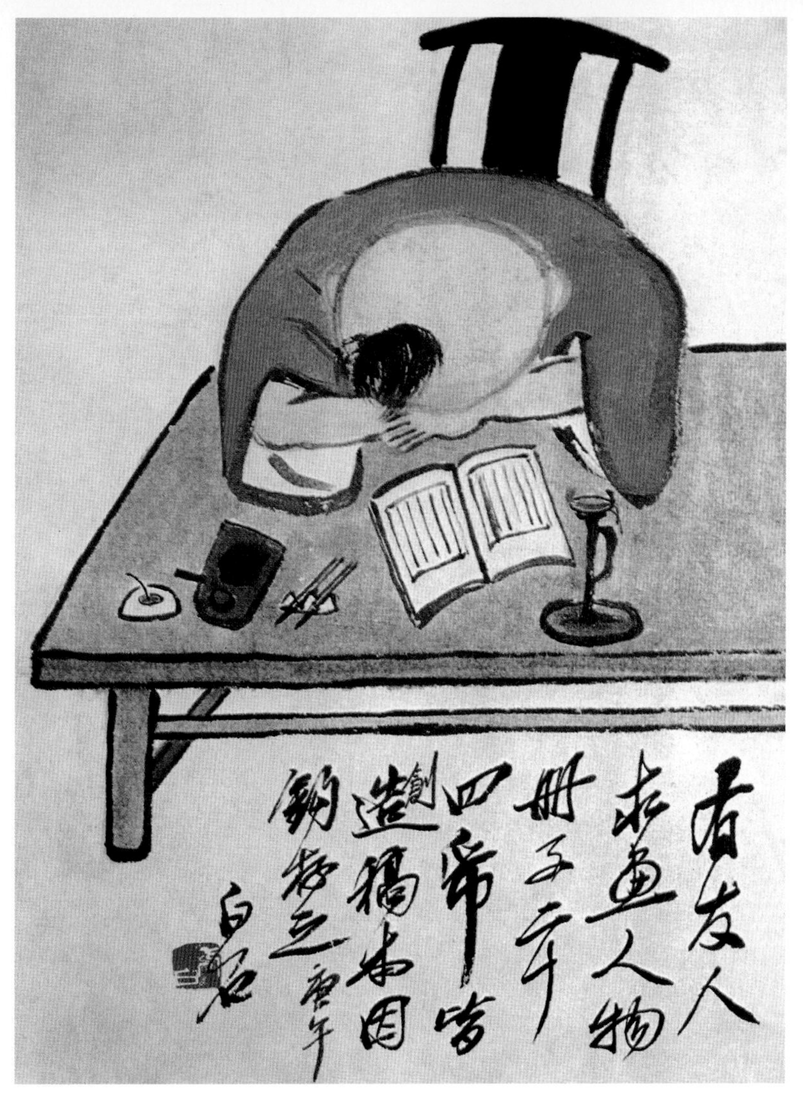

夜讀圖　　一九三〇年・六十八歲

去？」我回說：「不去！」母親對三大娘說：「你瞧，這孩子挺彆扭，不肯去，你就自己走吧！」我以為母親說我彆扭，一定是很不高興了，誰知隔壁三大娘走後，她卻笑著對我說：「好孩子，有志氣！黃茅堆子哪曾來過好樣的官，去看他作甚！我們憑著一雙手吃飯，官不官有什麼了不起！」我一輩子不喜歡跟官場接近，母親的話，我是永遠記得的。

我從四歲的冬天起，跟我祖父識字，到了七歲那年，祖父認為他自己識得的字，已經全部教完了，再有別的字，他老人家自己也不認得，沒法再往下教。的確，我祖父肚子裏的學問，已抖得光光淨淨的了，只好翻來覆去地教我溫習已識的字。這三百來個字，我實在都識得滾瓜爛熟的了，連每個字的意義，都能講得清清楚楚。那年臘月初旬，祖父說：「提前放了年學吧！」一面誇獎我識的字，已和他一般多，一面卻唉聲嘆氣，好像有什麼心事似的。我母親是個聰明伶俐的人，知道公公的嘆氣，是為了沒有力量供給孫子上學讀書的緣故，就對我祖父說：「兒媳今年椎草椎下來的稻穀，積了四斗，存在隔嶺的一個銀匠家裏，原先打算再積多一些，跟他換副銀釵戴的。現在可以把四斗稻穀的錢取回來，買些紙筆書本，預備阿芝上學。阿爺明年要在楓林亭坐個蒙館，阿芝跟外公讀書，束脩是一定免了的。我想，阿芝朝去夜回，這點錢雖不多，也許能夠讀一年的書。讓多多識幾個眼門前的字，會記記賬，寫寫字條兒，有了這麼一點掛數書的書底子，將來扶犁掌耙，也就算個好的掌作了。」我祖父聽了很樂意，就決定我明年去上學了。

同治九年（庚午・一八七〇），我八歲。外祖父周雨若公，果然在楓林亭附近的王爺殿，設了一所蒙館。楓林亭在白石鋪的北邊山坳上，離我們家有三里來地。過了正月十五燈節，母親給我縫了一件藍布新大褂，包在黑布舊棉襖外面，衣冠楚楚地，由我祖父領著，到了外祖父的蒙館。照例先在孔夫子的神牌那裏，磕了幾個頭，再向外祖父面前拜了三拜，說是先拜至聖先師，再拜受業老師，經過這樣的隆重大禮，將來才能當上相公。

我從那天起，就正式地讀起書來，外祖父給我發蒙，當然不收我束脩。每天清早，祖父送我去上學，傍晚又接我回家。別看這三里來地的路程，不算太遠，走的卻盡是些黃泥路，平常日子並不覺得什麼，逢到雨季，可難走得很哪！黃泥是挺滑的，滿地是泥濘，一不小心，就得跌倒下去。祖父總是右手撐著雨傘，左手提著飯籮，一步一拐，仔細地看準了腳步，扶著我走。有時泥塘深了，就把我背了起來，手裏還拿著東西，低了頭直往前走，往往一走就走了不少的路，累得他氣都喘不過來。他老人家已是六十開外的人，真是難為他的。

我上學之後，外祖父教我先讀了一本《四言雜字》，隨後又讀了《三字經》、《百家姓》。我在家裏，本已識得三百來個字了，讀起這些書來，一點不覺得費力，就讀得爛熟了。在許多同學中間，我算是讀得最好的一個。外祖父挺喜歡我，常對我祖父說：「這孩子，真不錯！」祖父也翹起了花白鬍子，張開著嘴，笑嘻嘻地樂了。外祖父又教我讀《千家詩》，我一上口，就覺得讀起來很順溜，音調也挺好聽，越讀越起勁。我們家鄉，把只讀不寫、也不講解的書，叫做「白口子」書。我在家裏識字的時候，知道一些字的意義，進了蒙館，雖說讀的都是白口子書，我用一知半解的見識，琢磨了書裏頭的意思，大致可以懂得一半。尤其是《千家詩》，因為讀著順口，就津津有味地咀嚼起來，有幾首我認為最好的詩，更是常在嘴裏哼著，簡直成了個小詩迷了。後來我到了二十多歲的時候，讀《唐詩三百首》，一讀就熟，自己學作幾句詩，也一學就會，都是小時候讀《千家詩》打好的根基。

那時，讀書是拿著書本，拚命地死讀，讀熟了要背書，背的時候，要順流而出，嘴裏不許打咕嘟。讀書之外，寫字也算一門功課。外祖父教我寫的，是那時通行的描紅紙，紙上用木板印好了紅色的字，寫時依著它的筆姿，一豎一畫地描著去寫，這是我拿毛筆蘸墨寫字的第一次，比用松樹枝在地面上劃著，有意思得多了。

為了我寫字，祖父把他珍藏的一塊斷墨、一方裂了縫的硯台，鄭重地給了我。這是他唯一的「文房四寶」中的兩件寶貝，原是預備他自己記賬所用，平日輕易不往外露的。他「文房四寶」的另一寶——毛筆，因為筆頭上的毛，快掉光了，所以給我買了一枝新筆。描紅紙家裏沒有舊存的，也是買了新的。我的書包裹，筆墨紙硯，樣樣齊全，這門子的高興，可不用提哪！有了這整套的工具，手邊真覺方便。寫字原是應做的功課，無須迴避，天天在描紅紙上，描呀，描呀，描個沒完，有的描得也有些膩煩了，私下我就畫起畫來。

恰巧，住在我隔壁的同學，他嬸娘生了個孩子。我們家鄉的風俗，新產婦家的房門上，照例掛一幅雷公神像，據說是鎮壓妖魔鬼怪用的。這種神像，畫得筆意很粗糙，是鄉裏的畫匠，用朱筆在黃表紙上畫的。我在五歲時，母親生我二弟，我家房門上

也掛過這種畫，是早已見過的，覺得很好玩。這一次在鄰居家又見到了，越看越有趣，很想摹仿著畫它幾張。我跟同學商量好，放了晚學，取出我的筆墨硯台，對著他們家的房門，在寫字本的描紅紙上，畫了起來。可是畫了半天，畫得總不太好。雷公的嘴臉，怪模怪樣，誰都不知雷公究竟在哪兒，他長得究竟是怎樣的相貌，我只依著神像上面的尖嘴薄腮，畫來畫去，畫成了一隻鸚鵡似的怪鳥臉了。自己看著，也不滿意，改又改不合適。雷公像掛得挺高，取不下來，我想了一個方法，搬了一隻高腳木凳，蹬了上去。只因描紅紙質地太厚，在同學那邊找到了一張包過東西的薄竹紙，覆在畫像上面，用筆勾影了出來。畫好了一看，這回畫得真不錯，和原像簡直是一般無二，同學叫我另畫一張給他，我也照畫了。從此我對於畫畫，感覺著莫大的興趣。

同學到蒙館一宣傳，別的同學也都來請我畫了，我就常常撕了寫字本裁開了，半張紙半張紙地畫，最先畫的是星斗塘常見到的一位釣魚老頭，畫了多少遍，把他面貌身形，都畫得很像。接著又畫了花卉、草木、飛禽、走獸、蟲魚等等，凡是眼睛裏看見過的東西，都把它們畫了出來。尤其是牛、馬、豬、羊、雞、鴨、魚、蝦、螃蟹、青蛙、麻雀、喜鵲、蝴蝶、蜻蜓這一類眼前常見的東西，我最愛畫，畫得也就最多。雷公像那一類從來沒人見過真的，我覺得有點靠不住。那年，我母親生了我三弟，取名純藻，號叫曉林；我家房門上，又掛了雷公神像，我就不再去畫了。我專給同學們畫眼前的東西，越畫越多，寫字本的描紅紙，卻越撕越少。往往剛換上新的一本，不到幾天，又撕完了。

外祖父是熟讀朱柏廬《治家格言》的，嘴裏常唸著：「一粥一飯，當思來處不易；半絲半縷，恆念物力維艱。」他看我寫字本用得這麼多，留心考查，把我畫畫的事情，查了出來，大不謂然，以為小孩子東塗西抹，是鬧著玩的，白費了紙，把寫字的正事，卻耽誤了。屢次呵叱我：「只顧著玩的，不幹正事，你看看！描紅紙白費了多少？」蒙館的學生，都是怕老師的，老師的法寶，是戒尺，常常晃動著嚇唬人，真要把他弄急了，也會用戒尺來打人手心的。我平日倒不十分淘氣，沒有挨過戒尺，只是為了撕寫字本，好幾次惹得外祖父生了氣。幸而他向來是疼我的，我讀書又比較用功，他光是嘴裏嚷嚷要打，戒尺始終沒曾落到我手心上。我的畫癮，已是很深，戒掉是辦不到的，只有滿處去找包皮紙一類的，偷偷地畫，卻也不敢像以前那樣，盡量去撕寫字本了。

到秋天，我正讀著《論語》，田裏的稻子，快要收割了，鄉間的蒙館和「子曰店」都得放「扮禾學」，這是照例的規矩。我小時候身體不健壯，恰巧又病了幾天，那年的年景，不十分好，田裏的收成很歉薄。我們家，平常過日子，本已是窮對付，一遇到田裏收不多，日子就更不好過，在青黃不接的時候，窮得連糧食都沒得吃了，我母親從早到晚的發愁。等我病好了，母親對我說：「年頭兒這麼緊，糊住了嘴再說吧！」家裏人手不夠用，我留在家，幫著做點事，讀了不到一年的書，就此停止了。田裏有點芋頭，母親叫我去刨，拿回家，用牛糞煨著吃。後來我每逢畫著芋頭，總會想起當年的情景，曾經題過一首詩：

一丘香芋暮秋涼，當得貧家穀一倉，
到老莫嫌風味薄，自煨牛糞火爐香。

芋頭刨完了，又去掘野菜吃，後來我題畫菜詩，也有兩句說：

充肚者勝半年糧，得志者勿忘其香。

窮人家的苦滋味，只有窮人自己明白，不是豪門貴族能知道的。

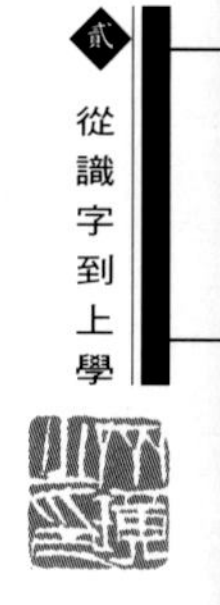

從砍柴牧牛到學做木匠

從砍柴牧牛到學做木匠

（一八七一～一八七七）

同治十年（辛未·一八七一），我九歲。十一年（壬申·一八七二），我十歲。十二年（癸酉·一八七三），我十一歲。這三年，我在家，幫著挑水、種菜、掃地、打雜，閒著就帶著我兩個兄弟。最主要的是上山砍柴，砍了柴，自己家裏有得燒了，還可以賣了錢，補助家用。我那時，不是一個光會吃飯不會做事的閒漢子，但最喜歡做的，卻是砍柴。鄰居的孩子們，和我歲數差不多的，一起去上山的有的是，我們就成了很好的朋友。上了山，砍滿了一擔柴，我們在休息時候，常常集合三個人，做「打柴叉」的玩兒。打柴叉是用砍得的柴，每人取出一捆，一頭著地，一頭靠在一起，這就算是「叉」了。用柴耙遠遠地輪流擲過去了，誰能擲倒了叉，就贏得別人的一捆柴，擲不倒的算是輸，也就輸掉自己的一捆。三人都擲倒了，或者都沒曾擲倒，那是沒有輸贏。兩人擲倒，就平分輸的那一捆，每人贏到半捆。最好當然是獨自一人贏了，可以得到兩捆柴。因為三捆柴併在一起，柴耙又不是很重的，擲倒那個柴叉，並不太容易，一捆柴的輸贏，總要玩上好大半天。這是窮孩子們不用花錢的娛樂，我小時也挺高興玩的。

後來我作客在外，有一年回到家鄉，路過山上，看見一群砍

牧童紙鳶　　約一九三二年・約七十歲

牧童歸去紙鳶低。寄萍堂老人思回鄉句也。

柴的孩子，裏頭有幾個相識的鄰居，他們的上輩，早年和我一起砍過柴，玩過打柴叉的，我禁不住感傷起來，作了三首詩，末一首道：

> 來時歧路遍天涯，獨到星塘認是家，
> 我亦君年無累及，群兒歡跳打柴叉。

這詩我收在《白石詩草》卷一裡頭，詩後我又註道：「餘生長於星塘老屋，兒時架柴為叉，相離數伍，以柴耙擲擊之，叉倒者為贏，可得薪。」大概小時候做的事情，到老總是會回憶的。

我在家裏幫著做事，又要上山砍柴，一天到晚，也夠忙的，偶或有了閒工夫，我總忘不了讀書，把外祖父教過我的幾本書，從頭至尾，重複的溫習。描紅紙寫完了，祖父給我買了幾本黃表紙釘成的寫字本子，又買了一本木版印的大楷字帖，教我臨摹，我每天總要寫上一頁半頁。只是畫畫，仍是背著人的，寫字本上

放牛圖　　一九三一年・六十九歲

的紙，不敢去撕了，找到了一本祖父記賬的舊賬簿，把賬簿拆開，頁數倒是挺多，足夠我畫一氣的。

就這樣，一晃，兩年多過去了。我十一歲那年，家裏因為糧食不夠吃，租了人家十幾畝田，種上了，人力不夠，祖父出的主意，養了一頭牛。祖父叫我每天上山，一邊牧牛，一邊砍柴，順便撿點糞，還要帶著我二弟純松一塊兒去，由我照看，免得他在家礙手礙腳耽誤母親做事。祖母擔憂我身體不太好，聽了算命瞎子的話，說「水星照命，孩子多災，防防水星，就能逢凶化吉」。買了一個小銅鈴，用紅頭繩繫在我脖子上，對我說：「阿芝！帶著二弟上山去，好好兒地牧牛砍柴，到晚晌，我在門口等著，聽到鈴聲由遠而近，知道你們回來了，煮好了飯，跟你們一塊兒吃。」我母親又取來一塊小銅牌，牌上刻著「南無阿彌陀佛」六個字，和銅鈴繫在一起，說：「有了這塊牌，山上的豺狼虎豹，妖魔鬼怪，都不敢近身的。」可惜這個銅鈴和這塊銅牌，在民國初年，家鄉兵亂時丟失了。後來我特地另做了一份小型的，繫在褲

夕照歸牛圖　　約一九三八年・約七十八歲

帶上，我還刻過一方印章，自稱「佩鈴人」。又題過一首畫牛的詩道：

星塘一帶杏花風，黃犢出欄西復東，
身上鈴聲慈母意，如今亦作聽鈴翁。

這都是紀念我祖母和母親當初待我的一番苦心的。

我每回上山，總是帶著書本的，除了看牛和照顧我二弟以外，砍柴撿糞，是應做的事，溫習舊讀的幾本書，也成了日常的功課。有一天，盡顧著讀書，忘了砍柴，到天黑回家，柴沒砍滿一擔，糞也撿得很少，吃完晚飯，我又取筆寫字。祖母憋不住了，對我說：「阿芝！你父親是我的獨生子，沒有哥哥弟弟，你母親生了你，我有了長孫子，真把你看作夜明珠，無價寶似的。以為我們家，從此田裏地裏，添了個好掌作，你父親有了個好幫手哪！你小時候多病，我和你母親，急成個什麼樣子！求神拜佛，燒香磕頭哪一種辛苦沒有受過！現在你能砍柴了，家裏等著燒用，你卻天天只管寫字，俗語說得好：三日風，四日雨，哪見文章鍋裏煮？明天要是沒有了米吃，阿芝，你看怎麼辦呢? 難道說，你捧了一本書，或是拿著一枝筆，就能飽了肚子嗎？唉！可惜你生下來的時候，走錯了人家！」

我聽了祖母的話，知道她老人家是為了家裏貧窮，盼望我多費些力氣，多幫助些家用，怕我盡顧著讀書寫字，把家務耽誤了。從此，我上山雖仍帶了書去，總把書掛在牛犄角上，等撿足了糞，和滿滿地砍足了一擔柴之後，再取下書來讀。我在蒙館的時候，《論語》沒有讀完，有不認識的字和不明白的地方，常常趁放牛之便，繞道到外祖父那邊，去請問他。這樣，居然把一部《論語》，對付著讀完了。

同治十三年（甲戌‧一八七四）我十二歲。我們家鄉的風俗，為了家裏做事的人手，男孩子很小就娶親，把兒媳婦接過門來交拜天地、祖宗、家長，名目叫做「拜堂」。兒媳婦的歲數，總要比自己的孩子略為大些，為了是能夠幫著做點事。等到男女雙方，都長大成人了，再揀選一個「好日子」，合巹同居，名目叫做「圓

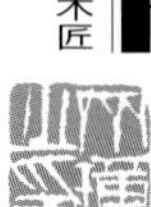

房」。在已經拜堂還沒曾圓房之時，這位先進門的兒媳婦，名目叫做「童養媳」，鄉裏人也有叫做「養媳婦」的。在女孩子的娘家，因為人口多，家景不好，吃喝穿著，負擔不起，又想到女大當嫁，早晚是夫家的人，早些嫁過去，倒省掉一條心，所以也就很小讓她過門。不過這都是小門小戶人家的窮打算，豪門世族是不多見的。聽說，這種風俗，時無分古今，地無分南北，從古如此，遍地皆然，那麼，不光是我們湘潭一地所獨有的了。

那年正月二十一日，由我祖父祖母和父親母親作主，我也娶了親啦！我妻娘家姓陳，名叫春君，她是同治元年（壬戌・一八六二）十二月二十六日生的，比我大一歲。她是我的同鄉，娘家的光景，當然不會好的，從小就在家裏操作慣了，嫁到我家當童養媳，幫助我母親煮飯洗衣，照看小孩，既勤懇，又耐心。有了閒暇，手裏不是一把剪子，就是一把鏟子，從早到晚，手不休腳不停的，裏裏外外，跑出跑進，別看她年紀還小，只有十三歲，倒是料理家務的一把好手。祖父祖母父親母親，都誇她能幹，非常喜歡她。我也覺得她好得很，心裏樂滋滋的。只因那時候不比現在開通，心裏的事，不肯露在臉上，萬一給人家閒話閒語，說是「疼媳婦」，那就怪難為情的了，所以我和她，常常我看看她，她看看我，嘴裏不說，心裏明白而已。

我娶了親，雖說還是小孩子脾氣，倒也覺得挺高興。不料端陽節那天，我祖父故去了，這真是一個晴天霹靂！

想起了祖父用爐鉗子劃著爐灰教我識字，用黑羊皮襖圍抱了我在他懷裏暖睡，早送晚接的陪我去上學，這一切情景，都在眼前晃漾。心裏頭的難過，到了極點，幾乎把這顆心，在胸膛子裏，要往外蹦出來了。越想越傷心，眼睛鼻子，一陣一陣地酸痛，眼淚止不住了，像泉水似的直往下流。足足的哭了三天三宵，什麼東西，都沒有下肚。祖母原也是一把眼淚、一把鼻涕的天天在哭泣，看見我這個樣子，抽抽噎噎的，反而來勸我：「別這麼哭了！你身體單薄，哭壞了，怎對起你祖父呢！」父親母親也各含著兩泡眼淚，對我說：「三天不吃東西，怎麼能頂得下去？祖父疼你，你是知道的，你這樣糟蹋自己身體，祖父也不會心安的。」他們的話，都有理，只是我克制不了我自己，仍是哭個不停。後來哭得累極了，才呼呼地睡著。

這是我出生以來第一次遭遇到的不幸之事。當時我們家，東湊西挪，能夠張羅得出的錢，僅僅不過六十千文，合那時的銀圓價，也就是六十來塊錢。沒有法子，窮人不敢往好處想，只能盡著這六十千文錢，把我祖父身後的大事，從棺殮到埋葬，總算對付過去了。

光緒元年（乙亥・一八七五），我十三歲。二年（丙子・一八七六），我十四歲。那兩年，在我祖父故去之後，經過這回喪事，家裏的光景，更顯得窘迫異常。田裏的事情，只有我父親一人操作，也顯得勞累不堪。母親常對我說：「阿芝呀！我恨不得你們哥兒幾個，快快長大了，身長七尺，能夠幫助你父親，糊得住一家人的嘴啊！」我們家鄉，煮飯是燒柴灶的，我十三歲那年，春夏之交，雨水特多，我不能上山砍柴，家裏米又吃完了，只好掘些野菜用積存的乾牛糞煨著吃，柴灶好久沒用，雨水灌進灶內，生了許多青蛙。灶內生蛙，可算得一樁奇聞了。我母親支撐這樣一個門庭，實在不是容易的事。

我十四歲那年，母親又生了我四弟純培，號叫雲林。我妻春君幫著料理家務，侍奉我祖母和我父親母親，煮飯洗衣和照看我弟弟，都由她獨自擔當起來。我小時候身體很不好，祖父在世之時，我不過砍砍柴，牧牧牛，撿撿糞，在家裏打打雜，田裏的事，一概沒有動手過。此刻父親對我說：「你歲數不小了，學學田裏的事吧！」他就教我扶犁。我學了幾天，顧得了犁，卻顧不了牛，顧著牛，又顧不著犁了，來回地折磨，弄得滿身是汗，也沒有把犁扶好。父親又叫我跟著他下田，插秧耘稻，整天的彎著腰，在水田裏泡，比扶犁更難受。

有一次，幹了一天，夠我累的，傍晚時候，我坐在星斗塘岸邊洗腳，忽然間，腳上痛得像小鉗子亂鋏，急快從水裏拔起腳來一看，腳趾頭上已出了不少的血。父親說：「這是草蝦欺侮了我兒啦！」星斗塘裏草蝦很多，以後我就不敢在塘裏洗腳了。

光緒三年（丁丑・一八七七），我十五歲。父親看我身體弱，力氣小，田裏的事，實在累不了，就想叫我學一門手藝，預備將來可以糊口養家。但是，究竟學哪一門手藝呢？父親跟我祖母和

我母親商量過好幾次，都沒曾決定出一個準主意來。那年年初，有一個鄉裏人都稱他為「齊滿木匠」的，是我的本家叔祖，他的名字叫齊仙佑，我的祖母，是他的堂嫂，他到我家來，向我祖母拜年。我父親請他喝酒。在喝酒的時候，父親跟他說妥，我去拜他為師，跟他學做木匠手藝。隔了幾天，揀了個好日子，父親領我到仙佑叔祖的家裏，行了拜師禮，吃了進師酒，我就算他的正式徒弟了。

仙佑叔祖的手藝，是個粗木作，又名大器作，蓋房子立木架是本行，粗糙的桌椅床凳和種田用的犁耙之類，也能做得出來。我就天天拿了斧子鋸子這些東西，跟著他學。剛過了清明節，逢到人家蓋房子，仙佑叔祖帶了我去給他們立木架，我力氣不夠，一根大檁子，我不但扛不動，扶也扶不起，仙佑叔祖說我太不中用了，就把我送回家來。父親跟他說了許多好話，千懇萬託地求他收留，他執意不肯，只得罷了。

我在家裏，耽了不到一個月，父親託了人情，又找到了一位粗木作的木匠，名叫齊長齡，領我去拜師。這位齊師傅，也是我們遠房的本家，倒能體卹我，看我力氣差得很，就說：「你好好地練罷！什麼事情都是練出來的，常練練，就能把力氣練出來了。」

記得那年秋天我跟著齊師傅做完工回來，在鄉裏的田塍上，遠遠地看見對面過來三個人，肩上有的背了木箱，有的背著很堅實的粗布大口袋，箱裏袋裏裝的，也都是些斧鋸鑽鑿這一類的傢伙，一看就知道是木匠，當然是我們的同行了，我並不在意。想不到走到近身，我的齊師傅垂下了雙手，側著身體，站在旁邊，滿面堆著笑意，問他們好。他們三個人，卻倨傲得很，略微地點了一點頭，愛理不理地搭訕著：「從哪裏來？」齊師傅很恭敬地答道：「剛給人家做了幾件粗糙家具回來。」交談了不多幾句話，他們頭也不回地走了。齊師傅等他們走遠，才拉著我往前走。我覺得很詫異，問道：「我們是木匠，他們也是木匠，師傅為什麼要這樣恭敬？」齊師傅拉長了臉說：「小孩子不懂得規矩！我們是大器作，做的是粗活，他們是小器作，做的是細活。他們能做精緻小巧的東西，還會雕花，這種手藝，不是聰明人，一輩子也學不成的，我們大器作的人，怎敢和他們並起並坐呢？」我聽了，心裏很不服氣，我想：「他們能學，難道我就學不成！」因此，我就決心要去學小器作了。

從雕花匠到畫匠

肆

從雕花匠到畫匠

（一八七八～一八八九）

光緒四年（戊寅・一八七八），我十六歲。祖母因為大器作木匠，非但要用很大力氣，有時還要爬高上房，怕我幹不了。母親也顧慮到，萬一手藝沒曾學成，先弄出了一身的病來。她們跟父親商量，想叫我換一行別的手藝，照顧我的身體，能夠輕鬆點才好。我把願意去學小器作的意思，說了出來，他們都認為可以，就由父親打聽得有位雕花木匠，名叫周之美的，要領個徒弟。這是好機會，託人去說，一說就成功了。我辭了齊師傅，到周師傅那邊去學手藝。

這位周師傅，住在周家洞，離我們家，也不太遠，那年他三十八歲。他的雕花手藝，在白石鋪一帶，是很出名的，用平刀法，雕刻人物，尤其是他的絕技。我跟著他學，他肯耐心地教。說也奇怪，我們師徒二人，真是有緣，處得非常之好。我很佩服他的本領，又喜歡這門手藝，學得很有興味。他說我聰明，肯用心，覺得我這個徒弟，比任何人都可愛。他沒有兒子，簡直的把我當做親生兒子一樣地看待。他又常常對人說：「我這個徒弟，學成了手藝，一定是我們這一行的能手，我做了一輩子的工，將來面子上沾著些光彩，就靠在他的身上啦！」人家聽了他的話，都說周師傅名下有個有出息的好徒弟，後來我出師後，人家都很看得

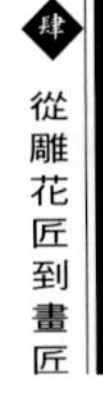

起，這是我師傅提拔我的一番好意，我一輩子都忘不了他的。

光緒五年（己卯・一八七九），我十七歲。六年（庚辰・一八八〇），我十八歲。七年（辛巳・一八八一），我十九歲。照我們小器作的行規，學徒期是三年零一節，我因為在學徒期中，生了一場大病，耽誤了不少日子，所以到十九歲的下半年，才滿期出師。我生這場大病，是在十七歲那年的秋天，病得非常危險，又吐過幾口血，只剩得一口氣了。祖母和我父親，急得沒了主意直打轉。我母親恰巧生了我五弟純雋，號叫佑五，正在產期，也急得東西都嚥不下口。我妻陳春君，嘴裏不好意思說，背地裏淌了不少的眼淚。後來請到了一位姓張的大夫，一劑「以寒伏火」的藥，吃了下去，立刻就見了效，連服幾劑調理藥，病就好了。病好之後，仍到周師傅處學手藝，經過一段較長時間，學會了師傅的平刀法，又琢磨著改進了圓刀法，師傅看我手藝學得很不錯，許我出師了。出師是一樁喜事，家裏的人都很高興，祖母跟我父親母親商量好，揀了一個好日子，請幾桌客，我和陳春君「圓房」了，從此，我和她才是正式的夫妻。那年我是十九歲，春君是二十歲。

我出師後，仍是跟著周師傅出外做活。雕花工是計件論工的，必須完成了這一件，才能去做那一件。周師傅的好手藝，白石鋪附近一百來里的範圍內，是沒有人不知道的，因此，我的名字，也跟著他，人人都知道了。人家都稱我「芝木匠」，當著面，客氣些，叫我「芝師傅」。我因家裏光景不好，掙到的錢，一個都不敢用掉，完工回了家，就全部交給我母親。母親常常笑著說：「阿芝能掙錢了，錢雖不多，總比空手好得多。」

那時，我們師徒常去的地方，是陳家壠胡家和竹衝黎家。胡黎兩姓，都是有錢的財主人家，他們家裏有了婚嫁的事情，男家做床櫥，女家做妝奩，件數做得很多，都是由我們師徒去做的。有時師傅不去，就由我一人單獨去了。還有我的本家齊伯常的家裏，我也是常去的。伯常名叫敦元，是湘潭的一位紳士，我到他家，總在他們稻穀倉前做活，和伯常的兒子公甫相識。論歲數，公甫比我小得多，可是我們很談得來，成了知己朋友。後來我給他畫了一張《秋姜館填詞圖》，題了三首詩，其中一首道：

稻糧倉外見君小，草莽聲中並我衰，
放下斧斤做知己，前身應做蠹魚來。

就是記的這件事。

那時雕花匠所雕的花樣，差不多都是千篇一律。祖師傳下來的一種花籃形式，更是陳陳相因，人家看得很熟。雕的人物，也無非是些麒麟送子、狀元及第等一類東西。我認為這些老一輩的玩意兒，雕來雕去，雕個沒完，終究人要看得膩煩的。我就想法換個樣子，在花籃上面，加些葡萄石榴桃梅李杏等果子，或牡丹芍藥梅蘭竹菊等花木。人物從繡像小說的插圖裏，勾摹出來，都是些歷史故事。還搬用平日常畫的飛禽走獸，草木蟲魚，加些佈景，構成圖稿。我運用腦子裏所想得到的，造出許多新的花樣，雕成之後，果然人都誇獎說好。我高興極了，益發地大膽創造起來。

那時，我剛出師不久，跟著師傅東跑西轉，倒也一天沒有閒過。只因年紀還輕，名聲不大，掙的錢也就不會太多。家裏的光景，比較頭二年，略微好些，但因歷年積疊的虧空，短時間還彌補不上，仍顯得很不寬裕。我妻陳春君一面在家料理家務，一面又在屋邊空地，親手種了許多蔬菜，天天提了木桶，到井邊汲水。有時肚子餓得難受，沒有東西可吃，就喝點水，算是搪搪飢腸。娘家來人問她：「生活得怎樣？」她總是說：「很好。」不肯露出絲毫窮相。她真是一個挺得起脊梁顧得住面子的人！可是我們家的實情，瞞不過隔壁的鄰居們，有一個慣於挑撥是非的鄰居女人，曾對春君說過：「何必在此吃辛吃苦，憑你這樣一個人，還找不到有錢的丈夫！」春君笑著說：「有錢的人，會要有夫之婦？我只知命該如此，你也不必為我妄想！」春君就是這樣甘熬窮受苦，沒有一點怨言的。

光緒八年（壬午・一八八二），我二十歲。仍是肩上背了個木箱，箱裏裝著雕花匠應用的全套工具，跟著師傅，出去做活。在一個主顧家中，無意間見到一部乾隆年間翻刻的《芥子園畫譜》，五彩套印，初二三集，可惜中間短了一本。雖是殘缺不全，但從

雕花床一號床楣（局部・木質浮雕）　約一八八二年至一九〇二年・約二十至四十歲

雕花床一號床屏（局部）

雕花床二號床楣（局部・木質透雕）　約一八八二年至一九〇二年・約二十至四十歲

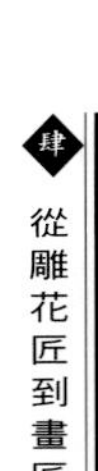

雕花床二號床屏（局部）

雕花床三號床屏（局部・木質透雕）　約一八八二年至一九〇二年・約二十至四十歲

壽星騎鹿（透根雕）
一八九四年・三十二歲

第一筆畫起，直到畫成全幅，逐步指說，非常切合實用。我仔細看了一遍，才覺著我以前畫的東西，實在要不得，畫人物，不是頭大了，就是腳長了；畫花草，不是花肥了，就是葉瘦了，較起真來，似乎都有點小毛病。有了這部畫譜，好像是撿到了一件寶貝，就想從頭學起，臨它個幾十遍。轉念又想：書是別人的，不能久借不還，買新的，湘潭沒處買，長沙也許有，價碼可不知道，怕有也買不起。只有先借到手，用早年勾影雷公像的方法，先勾影下來，再仔細琢磨。

想準了主意，就向主顧家借了來，跟母親商量，在我掙來的工資裏，勻出些錢，買了點薄竹紙和顏料毛筆，在晚上收工回家的時候，用松油柴火為燈，一幅一幅的勾影。足足畫了半年，把一部《芥子園畫譜》，除了殘缺的一本以外，都勾影完了，釘成了

山水（選臨《芥子園畫譜》之一）
約一八九〇年至一九〇〇年．約二十八至三十八歲

十六本。從此，我做雕花木活，就用《芥子園畫譜》做根據，花樣既推陳出新，不是死板板的老一套，畫也合乎規格，沒有不相勻稱的毛病了。

我雕花得來的工資，貼補家用，還是微薄得很。家裏缺米少柴的，時常鬧著窮。我母親為了開門七件事，整天地愁眉不展。祖母寧可自己餓著肚子，留了東西給我吃。我是個長子，又是出了師學過手藝的人，不另想想辦法，實在看不下去。只得在晚上閒暇之時，勻出工夫，憑我一雙手，做些小巧玲瓏的玩意兒，第二天一清早，送到白石鋪街上的雜貨店裏，許了他們一點利益，託他們替我代賣。我常做的，是一種能裝旱煙也能裝水煙的煙盒子，用牛角磨光了，配著能活動開關的蓋子，用起來很方便，買的人倒也不少。大概兩三個晚上，我能做成一個，除了給雜貨店掌櫃二成的經手費以外，每個我還能得到一斗多米的錢。那時，鄉裏流行的，旱煙吸葉子煙，水煙吸條絲煙。我旱煙水煙，都學會吸了，而吸得有了癮。我賣掉了自己做的牛角煙盒子，吸煙的錢，就有了著落啦，連燒料煙嘴的旱煙管，和吸水煙用的銅煙袋，都賺了出來。剩餘的錢，給了我母親，多少濟一些急，但是還救不了根本的窮，不過聊勝於無而已。

光緒九年（癸未・一八八三），我二十一歲。那年，春君懷了孕，懷的是頭一胎。恰巧家裏缺柴燒，我們星斗塘老屋，後面是靠著紫雲山，她拿了把廚刀，跑到山上去砍松枝。她這時，快要生產了，拖著笨重的身子，上山很費力，就用兩手在地上爬著走，總算把柴砍得了，拿回來燒。到了九月，生了個女孩，這是我們的長女，取名菊如，後來嫁給了姓鄧的女婿。

我在早先上山砍柴時候，交上一個朋友，名叫左仁滿，是白石鋪胡家衝的人，離我們家很近。他歲數跟我差不多，我學做木匠那年，他也從師學做篾匠手藝，他出師比我早幾個月，現在我們都長大了，他也娶了個老婆，有了孩子，我們歇工回來，仍是常常見面，交情倒越交越深。他學成了一手編竹器的好手藝，家庭負擔比較輕，生活上比我略微好一些。他是喜歡吹吹彈彈的，能拉胡琴，能吹笛子，能彈琵琶，能打板鼓。還會唱幾句花鼓戲，幾段小曲兒。我們常在一起玩，他吹彈拉唱，我就畫畫寫字。有時他叫我教他畫畫，他也教我彈唱。鄉裏有錢的人，常往城裏跑，去找玩兒的，我們是窮孩子出身，閒暇時候，只能做這樣不花錢的消遣。我後來喜歡聽戲，也會唱幾支小曲，都是那時候受了左仁滿的影響。

光緒十年（甲申・一八八四），我二十二歲。十一年（乙酉・一八八五），我二十三歲。十二年（丙戌・一八八六），我二十四歲。十三年（丁亥・一八八七），我二十五歲。十四年（戊子・一八八八），我二十六歲。這五年，我仍是做著雕花活為生，有時也還做些煙盒子一類的東西。我自從有了一部自己勾影出來的《芥子

木蘭從軍（選臨《芥子園畫譜》之二）
約一八九〇年至一九〇〇年・約二十八至三十八歲

園畫譜》，翻來覆去的臨摹了好幾遍，畫稿積存了不少。鄉裏熟識的人知道我會畫，常常拿了紙，到我家來請我畫。在雕花的主顧家裏，雕花活做完以後，也有留著我不放我走，請我畫的。凡是請我畫的，多少都有點報酬，送錢的也有，送禮物的也有。我畫畫的名聲，跟做雕花活的名聲，一樣地在白石鋪傳開了去。人家提到了芝木匠，都說是畫得挺不錯。

我平日常說：「說話要說人家聽得懂的話，畫畫要畫人家看見過的東西。」我早先畫過雷公像，那是小孩子的淘氣，鬧著玩的，知道了雷公是虛造出來的，就此不畫了。但是我畫人物，卻喜歡畫古裝，這是《芥子園畫譜》裏有的，古人確是穿著過這樣衣服，看了戲台上唱戲的打扮，我就照它畫了出來。

我的畫在鄉裏出了點名，來請我畫的，大部分是神像功對，每一堂功對，少則四幅，多的有到二十幅的。畫的是玉皇、老君、財神、火神、灶君、閻王、龍王、靈官、雷公、電母、雨

觀音（選臨《芥子園畫譜》之三）
約一八九〇年至一九〇〇年・約二十八至三十八歲

師、風伯、牛頭、馬面和四大金剛、哼哈二將之類。這些位神仙聖佛，誰都沒見過他們的本來面目，我原是不喜歡畫的，因為畫成了一幅，他們送我一千來個錢，合銀元塊把錢，在那時的價碼，不算少了，我為了掙錢吃飯，又卻不過鄉親們的面子，只好答應下來，以意為之。有的畫成一團和氣，有的畫成滿臉煞氣。和氣好畫，可以採用《芥子園》的筆法；煞氣可麻煩了，絕不能都畫成雷公似的，只得在熟識的人中間，挑選幾位生有異相的人，作為藍本，畫成以後，自己看著，也覺可笑。我在楓林亭上學的時候，有幾個同學，生得怪頭怪腦的，現在雖說都已長大了，面貌究竟改變不了多少，我就不問他們同意不同意，偷偷地都把他們畫上去了。

在我二十六歲那年的正月，我母親生了我六弟純楚，號叫寶林。我們家鄉，把最小的叫做「滿」，純楚是我最小的兄弟，我就叫他滿弟。我母親一共生了我弟兄六人，又生了我三個妹妹，我

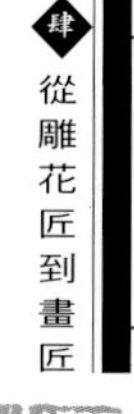

們家，連同我祖母，我父親母親，春君，我的長女菊如，老老小小，十四口人了。父親同我二弟純松下田耕作，我在外邊做工，三弟純藻在一所道士觀裏給人家燒煮茶飯，別的弟妹，大一些的，也牧牛的牧牛，砍柴的砍柴，倒是沒有一個閒著的。祖母已是七十七歲的人，只能在家裏看看孩子，做些輕微的事情。春君整天忙著家務，忙裏偷閒，養了一群雞鴨，又種了許多瓜豆蔬菜，有時還幫著我母親紡紗織布。她夏天紡紗，總是在葡萄架下陰涼的地方，我有時回家，也喜歡在那裏寫字畫畫，聽了她紡紗的聲音，覺得聒耳可厭，後來我常常遠遊他鄉，老來回憶，想聽這種聲音，已是不可再得。因此我前幾年寫過一首詩道：

山妻笑我負平生，世亂身衰重遠行，
年少厭聞難再得，葡萄陰下紡紗聲。

我母親紡紗織布，向來是一刻不閒。尤其使她為難的，是全家的生活重擔，都由她雙肩挑著，天天移東補西，調排用度，把這點微薄的收入，糊住十四張嘴，真夠她累心累力的。

三弟純藻，也是為了糊住自己的嘴，多少還想掙些錢來，貼補家用，急於出外做工。他託了一位遠房本家，名叫齊鐵珊的，薦到一所道士觀中，給他們煮飯打雜。齊鐵珊是齊伯常的弟弟，我的好朋友齊公甫的叔叔，他那時正同幾個朋友，在道士觀內讀書。我因為三弟的緣故，常到道士觀去閒聊，和鐵珊談得很投機。

我畫神像功對，鐵珊是知道的，每次見了我面，總是先問我：「最近又畫了多少？畫的是什麼？」我做雕花活，他倒不十分關心，他好像專門關心我的畫。有一次，他對我說：「蕭薌陔快到我哥哥伯常家裏來畫像了，我看你何不拜他為師！畫人像，總比畫神像好一些。」

我也素知這位蕭薌陔的大名，只是沒有會見過，聽了鐵珊這麼一說，我倒動了心啦。不多幾天，蕭薌陔果然到了齊伯常家裏來了，我畫了一幅李鐵拐像，送給他看，並託鐵珊、公甫叔侄倆，代我去說，願意拜他為師。居然一說就合，等他完工回去，我就到他家去，正式拜師。這位蕭師傅，名叫傳鑫，薌陔是他的號，住在朱亭花鈿，離我們家有一百來里地，相當地遠。他是紙紮匠出身，自己發奮用功，經書讀得爛熟，也會作詩，畫像是湘潭第一名手，又會畫山水人物。他把拿手本領，都教給了我，我得他的益處不少。他又介紹他的朋友文少可和我相識，也是個畫像名手，家住在小花石。這位文少可也很熱心，他的得意手法，都端給我看，指點得很明白。我對於文少可，也很佩服，只是沒有拜他為師。我認識了他們二位，畫像這一項，就算有了門徑了。

那年冬天，我到賴家壠衙里去做雕花活。賴家壠離我們家，有四十多里地，路程不算近，晚上就住在主顧家裏。賴家壠在佛祖嶺的山腳下，那邊住的人家，都是姓賴的。衙里是我們家鄉的土話，就是聚族而居的意思。我每到晚上，照例要畫畫的，賴家的燈火，比我家裏的松油柴火，光亮得多，我就著燈盞畫了幾幅花鳥，給賴家的人看見了，都說：「芝師傅不是光會畫神像功對的，花鳥也畫得生動得很。」於是就有人來請我給他女人畫鞋頭上的花樣，預備畫好了去繡的。又有人說：「我們請壽三爺畫個帳檐，往往等了一年半載，還沒曾畫出來，何不把我們的竹布取回來，就請芝師傅畫畫呢？」我光知道我們杏子塢有個紳士，名叫馬迪軒，號叫少開，他的連襟姓胡，人家都稱他壽三爺，聽說是竹衝韶塘的人，離賴家壠不過兩里多地，他們所說的，大概就是此人。我聽了他們的話，當時卻並未在意。到了年底，雕花活沒有做完，留著明年再做，我就辭別了賴家，回家過年。

光緒十五年（己丑·一八八九），我二十七歲。過了年，我仍到賴家壠去做活。有一天，我正在雕花，賴家的人來叫我，說：「壽三爺來了，要見見你！」我想：「這有什麼事呢？」但又不能不去。見了壽三爺，我照家鄉規矩，叫了他一聲「三相公」。壽三爺倒也挺客氣，對我說：「我是常到你們杏子塢去的，你的鄰居馬家，是我的親戚，常說起你：人很聰明，又能用功。只因你常在外邊做活，從沒有見到過，今天在這裏遇上了，我也看到你的畫了，很可以造就！」又問我：「家裏有什麼人？讀過書沒有？」還問我：「願不願再讀讀書，學學畫？」我一一的回答，最後說：「讀書學畫，我是很願意，只是家裏窮，書也讀不起，畫也學不起。」

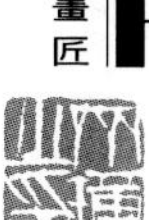

壽三爺說：「那怕什麼？你要有志氣，可以一面讀書學畫，一面靠賣畫養家，也能對付得過去。你如願意的話，等這裏的活做完了，就到我家來談談！」我看他對我很誠懇，也就答應了。

這位壽三爺，名叫胡自倬，號叫沁園，又號漢槎。性情很慷慨，喜歡交朋友，收藏了不少名人字畫，他自己能寫漢隸，會畫工筆花鳥草蟲，作詩也作得很清麗。他家附近，有個藕花池，他的書房就取名「藕花吟館」，時常邀集朋友，在內舉行詩會，人家把他比作孔北海，說是：「座上客常滿，樽中酒不空。」他們韶塘胡姓，原是有名的財主，但是壽三爺這一房，因為他提倡風雅，素廣交遊，景況並不太富裕，可見他的人品，確是很高的。我在賴家壠完工之後，回家說了情形，就到韶塘胡家。那天正是他們詩會的日子，到的人很多。壽三爺聽說我到了，很高興，當天就留我同詩會的朋友們一起吃午飯，並介紹我見了他家延聘的教讀老夫子。這位老夫子，名叫陳作塤，號叫少蕃，是上田衝的人，學問很好，湘潭的名士。吃飯的時候，壽三爺又問我：「你如願意讀書的話，就拜陳老夫子的門吧！不過你父母知道不知道？」我說：「父母倒也願意叫我聽三相公的話，就是窮……」話還沒說完，壽三爺攔住了我，說：「我不是跟你說過，你就賣畫養家！你的畫，可以賣出錢來，別擔憂！」我說：「只怕我歲數大了，來不及。」壽三爺又說：「你是讀過《三字經》的！蘇老泉，二十七，始發憤，讀書籍。你今年二十七歲，何不學學蘇老泉呢？」陳老夫子也接著說：「你如果願意讀書，我不收你的學俸錢。」同席的人都說：「讀書拜陳老夫子，學畫拜壽三爺，拜了這兩位老師，還怕不能成名！」我說：「三相公栽培我的厚意，我是感激不盡。」壽三爺說：「別三相公了！以後就叫我老師吧！」當下，就決定了。吃過了午飯，按照老規矩，先拜了孔夫子，我就拜了胡陳二位，做我的老師。

我拜師之後，就在胡家住下，兩位老師商量了一下，給我取了一個名字，單名叫做「璜」，又取了一個號，叫做「瀕生」，因為我住家與白石鋪相近，又取了個別號，叫做「白石山人」，預備題畫所用。少蕃師對我說：「你來讀書，不比小孩子上蒙館了，也不是考秀才趕科舉的，畫畫總要會題詩才好，你就去讀《唐詩三百首》吧！這部書，雅俗共賞，從淺的說，入門很容易，從深的說，也可以鑽研下去，俗語常說，熟讀唐詩三百首，不會作詩也會作，這話不是完全沒有道理的。詩的一道，本是易學難工，你能專心用功，一定很有成就。常言道，有志者，事竟成。又道，天下無難事，只怕有心人，天下事的難不難，就看你的有心沒心了！」

從那天起，我就讀《唐詩三百首》了。我小時候讀過《千家詩》，幾乎全部都能背出來，讀了《唐詩三百首》，上口就好像見到了老朋友，讀得很有味。只是我識字不多，有很多生字，不容易記熟，我想起一個笨法子，用同音的字，注在書頁下端的後面，溫習的時候，一看就認得了。這種法子，我們家鄉叫作「白眼字」，初上學的人，常有這麼用的。過了兩個來月，少蕃師問我：「讀熟幾首了？」我說：「差不多都讀熟了。」他有些不信，隨意抽問了幾首，我都一字不遺的背了出來。他說：「你的天分，真了不起！」實在說來，是他的教法好，講了讀，讀了背，背了寫，循序而進，所以讀熟一首，就明白一首的意思，這樣既不會忘掉，又懂得好處在哪裏。《唐詩三百首》讀完之後，接著讀了《孟子》。少蕃師又叫我在閒暇時，看看《聊齋誌異》一類的小說，還時常給我講講唐宋八家的古文。我覺得這樣的讀書，真是人生最大的樂趣了。

我跟陳少蕃老師讀書的同時，又跟胡沁園老師學畫，學的是工筆花鳥草蟲。沁園師常對我說：「石要瘦，樹要曲，鳥要活，手要熟。立意、佈局、用筆、設色，式式要有法度，處處要合規矩，才能畫成一幅好畫。」他把珍藏的古今名人字畫，叫我仔細觀摹。又介紹了一位譚荔生，叫我跟他學畫山水。這位譚先生，單名一個「溥」字，別號甕塘居士，是他的朋友。我常常畫了畫，拿給沁園師看，他都給我題上了詩。他還對我說：「你學學作詩吧！光會畫，不會作詩，總是美中不足。」那時正是三月天氣，藕花吟館前面，牡丹盛開。沁園師約集詩會同人，賞花賦詩，他也叫我加入。我放大了膽子，作了一首七絕，交了上去，恐怕作得太不像樣，給人笑話，心裏有些跳動。沁園師看了，卻面帶笑容，點著頭說：「作得還不錯！有寄託。」說著，又唸道：「莫羨牡丹稱

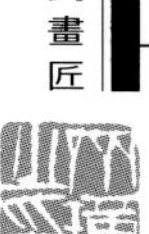

富貴，卻輸梨橘有餘甘。這兩句不但意思好，十三譚的甘字韻，也押得很穩。」說得很多詩友都圍攏上來，大家看了，都說：「瀕生是有聰明筆路的，別看他根基差，卻有性靈。詩有別才，一點兒不錯！」

這一炮，居然放響，是我料想不到的。從此，我摸索得了作詩的訣竅，常常作了，向兩位老師請教。當時常在一起的，除了姓胡的幾個人，其餘都是胡家的親戚，一共有十幾個人，只有我一人，不是胡家的親故，他們倒都跟我處得很好。他們大部分是財主人家的子弟，至不濟的也是小康之家，比我的家景，總要強上十倍，他們並不嫌我出身寒微，一點沒有看不起我的意思，後來都成了我的好朋友。

那年七月十一日，春君生了個男孩，這是我們的長子，取名良元，號叫伯邦，又號子貞。我在胡家，讀書學畫，有吃有住，心境安適得很，眼界也廣闊多了，只是想起了家裏的光景，絕不能像在胡家認識的一般朋友的胸無牽掛。幹雕花手藝，本是很費事的，每一件總得雕上好多日子，把身子困住了，別的事就不能再做。畫畫卻不一定有什麼限制，可以自由自在地，有閒暇就畫，沒閒暇就罷，畫起來，也比雕花省事得多，就覺得沁園師所說的「賣畫養家」這句話，確實是既方便，又實惠。

那時照相還沒盛行，畫像這一行手藝，生意是很好的。畫像，我們家鄉叫做描容，是描畫人的容貌的意思。有錢的人，在生前總要畫幾幅小照玩玩，死了也要畫一幅遺容，留作紀念。我從蕭薌陔師傅和文少可那裏，學會了這行手藝，還沒有給人畫過，聽說畫像的收入，比畫別的來得多，就想開始幹這一行了。沁園師知道我這個意思，到處給我吹噓，韶塘附近一帶的人，都來請我去畫，一開始，生意就很不錯。每畫一個像，他們送我二兩銀子，價碼不算太少，但是有些愛貪小便宜的人，往往在畫像之外，叫我給他們女眷畫些帳檐、袖套、鞋樣之類。甚至叫我畫幅中堂，畫堂屏條，算是白饒。好在這些東西，我隨便畫上幾筆，倒也並不十分費事。我們湘潭風俗，新喪之家，婦女們穿的孝衣，都把袖頭翻起，畫上些花樣，算做裝飾。這種零碎玩意兒，更是畫遺容時必須附帶著畫的，我也總是照辦了。後來我又琢磨出一種精細畫法，能夠在畫像的紗衣裏面，透現出袍褂上的團龍花紋，人家都說，這是我的一項絕技。人家叫我畫細的，送我四兩銀子，從此就作為定例。我覺得畫像掙的錢，比雕花多，而且還省事，因此，我就扔掉了斧鋸鑽鑿一類傢伙，改了行，專做畫匠了。

詩畫篆刻漸漸成名

伍

詩畫篆刻漸漸成名

（一八九〇～一九〇一）

光緒十六年（庚寅・一八九〇），我二十八歲。十七年（辛卯・一八九一），我二十九歲。十八年（壬辰・一八九二），我三十歲。十九年（癸巳・一八九三），我三十一歲。二十年（甲午・一八九四），我三十二歲。這五年，我仍靠著賣畫為生，來往於杏子塢韶塘周圍一帶。在我剛開始畫像的時候，家景還是不很寬裕，常常為了燈盞缺油，一家子摸黑上床。有位朋友黎丹，號叫雨民，是沁園師的外甥，到我家來看我，留他住下，夜無油燈，燒了松枝，和他談詩。另一位朋友王訓，也是沁園師的外甥，號叫仲言，他的家裏有一部白香山《長慶集》，我借了來，白天沒有閒暇，只有晚上回了家，才能閱讀，也因家裏沒有燈油，燒了松柴，藉著柴火的光亮，對付著把它讀完。後來我到了七十歲時，想到了這件事，作過一首＜往事示兒輩＞的詩，說：

村書無角宿緣遲，廿七年華始有師，
燈盞無油何害事，自燒松火讀唐詩。

沒有讀書的環境，偏有讀書的嗜好，你說，窮人讀一點書，容易

黎夫人像
約一八九五年・三十三歲

受降後二年丙戌初，兒輩良琨來金陵見予。出此像，謂為誰，問於予。予曰：尊像乃乃翁少年時所畫，為可共患難黎丹之母胡老夫人也。聞丹有後人，他日相逢，可歸之。亂離時遺失。可感也。

不容易？

我三十歲以後，畫像畫了幾年，附近百來里地的範圍以內，我差不多跑遍了東西南北。鄉裏的人，都知道藝術匠改行做了畫匠，說我畫的畫，比雕的花還好。生意越做越多，收入也越來越豐，家裏靠我這門手藝，光景就有了轉機，母親緊皺了半輩子的眉毛，到這時才慢慢地放開了。祖母也笑著對我說：「阿芝！你倒沒有虧負了這枝筆，從前我說過，哪見文章鍋裏煮，現在我看見你的畫，卻在鍋裏煮了！」我知道祖母是說的高興話，就畫了幾幅畫，又寫了一張橫幅，題了「甑屋」兩個大字，意思是：「可以吃得飽啦，不致於像以前鍋裏空空的了。」

那時我已並不專搞畫像，山水人物，花鳥草蟲，人家叫我畫的很多，送我的錢，也不比畫像少。尤其是仕女，幾乎三天兩朝有人要我畫的，我常給他們畫些西施、洛神之類。也有人點景要畫細緻的，像文姬歸漢、木蘭從軍等等，他們都說我畫得很美，開玩笑似的叫我「齊美人」。老實說，我那時畫的美人，論筆法，並不十分高明，不過鄉人光知道表面好看，家鄉又沒有比我畫得好的人，我就算獨步一時了。常言道：「蜀中無大將，廖化作先鋒」，他們這樣抬舉我，說起來，真是慚愧得很。但是，也有一批勢利鬼，看不起我是木匠出身，畫是要我畫了，卻不要題款。好像是：畫是風雅的東西，我卻算不得斯文中人，不是斯文人，不配題風雅畫。我明白他們的意思，覺得很可笑，本來不願意跟他們打交道，只是為了掙錢吃飯，也就不去計較這些。他們既不少給我錢，題不題款，我倒並不在意。

甑屋

我們家鄉，向來是沒有裱畫鋪的，只有幾個會裱畫的人，在四鄉各處，來來往往，應活做工，蕭薌陔師傅就是其中的一人。我在沁園師家讀書的時候，沁園師曾把蕭師傅請到家裏，一方面叫他裱畫，一方面叫大公子仙逋，跟他學做這門手藝。特地勻出了三間大廳，屋內中間，放著一張尺碼很長很大的紅漆桌子，四壁牆上，釘著平整乾淨的木板格子，所有軸幹、軸頭、別子、綾絹、絲縧、宣紙以及排筆、漿糊之類，置備得齊齊備備，應有盡有。沁園師對我說：「瀕生，你也可以學學！你是一個畫家，學會了，裝裱自己的東西，就透著方便些。給人家做做活，也可以作為副業謀生。」沁園師處處為我打算，真是無微不至。我也覺得他的話，很有道理，就同仙逋，跟著蕭師傅，從托紙到上軸，一層一層的手續，都學會了。

鄉裏裱畫，全綾挖嵌的很少，講究的，也不過「綾鑲圈」、「綾鑲邊」而已，普通的都是紙裱。我反覆琢磨，認為不論綾裱紙裱，關鍵全在托紙，托得勻整平貼，掛起來，才不會有捲邊抽縮、彎腰駝背等毛病。比較難的，是舊畫揭裱。揭要揭得原件不傷分

仕女條屏
一九一一年・四十九歲

毫，裱要裱得清新悅目，遇有殘破的地方，更要補得天衣無縫。一般裱畫，只會裱新的，不會揭裱舊畫，蕭師傅是個全才，裱新畫是小試其技，揭裱舊畫是他的拿手本領。我跟他學了不少日子，把揭裱舊畫的手藝也學會了。

我三十二歲那年，二月二十一日，春君又生了個男孩，這是我們的次子，取名良黼，號叫子仁。我自從在沁園師家讀書以後，由於沁園師的吹噓，朋友們的介紹，認識的人，漸漸地多了。住在長塘的黎松安，名培鑾，又名德恂，是黎雨民的本家。那年春天，松安請我去畫他父親的遺像，他父親是上年故去的。王仲言在他們家教家館，彼此都是熟人，我就在松安家住了好多時候。長塘在羅山的腳下，杉溪的後面，溪水從白竹坳來，風景很幽美。那時，松安的祖父還在世，他老先生是會畫幾筆山水的，也收藏了些名人字畫，都拿了出來給我看，我就臨摹了幾幅。朋友們知道我和王仲言都在黎松安家，他們常來相敘，仲言發起組織了一個詩會，約定集會地點，在白棠花村羅真吾、醒吾弟兄家裏。真吾名天用，他的弟弟醒吾名天覺，是沁園師的侄婿，我們時常在一起，都是很相好的。

講實在的話，他們的書底子，都比我強得多，作詩的工夫，也比我深得多。不過那時是科舉時代，他們多少有點弋取功名的心理，試場裏用得著的是試帖詩，他們為了應試起見，都對試帖詩有相當研究，而且都曾下了苦功揣摹過的。試帖詩雖是工穩妥貼，又要圓轉得體，作起來確是不容易，但過於拘泥板滯，一點兒不見生氣。我是反對死板無生氣的東西的，作詩講究性靈，不願意像小腳女人似的扭捏作態。因此，各有所長，也就各做一派。他們能用典故，講究聲律，這是我比不上的，若說作些陶寫性情、歌詠自然的句子，他們也不一定比我好了。

我們的詩會，起初本是四五個人，隨時集在一起，談詩論文，兼及字畫篆刻，音樂歌唱，倒也興趣很濃，只是沒有一定日期，也沒有一定規程。到了夏天，經過大家討論，正式組成了一個詩社，借了五龍山的大杰寺內幾間房子，作為社址，就取名為龍山詩社。五龍山在中路鋪白泉的北邊，離羅真吾、醒吾弟兄所住的棠花村很近。大杰寺是明朝就有的，裏邊有很多銀杏樹，地

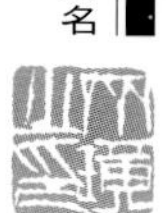

方清靜幽雅，是最適宜避暑的地方。詩社的主幹，除了我和王仲言、羅真吾、醒吾弟兄，還有陳茯根、譚子荃、胡立三，一共是七個人，人家稱我們為龍山七子。陳茯根名節，板橋人，譚子荃是羅真吾的內兄，胡立三是沁園師的侄子，都是常常見面的好朋友。他們推舉我做社長，我怎麼敢當呢？他們是世家子弟，學問又比我強，叫我去當頭兒，好像是存心跟我開玩笑，我是堅辭不幹。王仲言對我說：「瀕生，你固執了！我們是論齒，七人中，年紀是你最大，你不當，是誰當了好呢？我們都是熟人，社長不過應個名而已，你還客氣什麼？」他們都附和王仲言的話，說我客氣得無此必要。我沒法辭，只得應允了。

社外的詩友，卻也很多，常常來的，有黎松安、黎薇蓀、黎雨民、黃伯魁、胡石庵、吳剛存等諸人，也都是我們向來極相熟的。只有一個名叫張登壽，號叫仲颺的，是我新認識的。這位張仲颺，出身跟我一樣寒微，年輕時學過鐵匠，也因自己發憤用功，讀書讀得很有一點成就，拜了我們湘潭的大名士王湘綺先生做老師，經學根柢很深，詩也作得非常工穩。鄉裏的一批勢利鬼，背地裏仍有叫他張鐵匠的。這和他們在我改行以後，依舊叫我芝木匠，是一樣輕視的意思。我跟他，都是學過手藝的人，一見面就很親熱，交成了知己朋友。

光緒二十一年（乙未・一八九五），我三十三歲。黎松安家裏，也組成了一個詩社。松安住在長塘，對面一里來地，有座羅山，俗稱羅網山，因此，取名為「羅山詩社」。我們龍山詩社的主幹七人，和其他社外詩友，也都加入，時常去作詩應課。兩山相隔，有五十來里地，我們跑來跑去，並不嫌著路遠。那年，我們家鄉遭逢了很嚴重的旱災，田裏的莊稼，都枯焦得不成樣子，秋收是沒有把握的了，鄉裏的飢民，就一群一群地到有錢人家去吃飯。我們家鄉有富裕人家，家裏都有穀倉，存著許多稻穀，年年吃掉了舊的，再存新的，永遠是滿滿的倉，這是古人所說積穀防飢的意思。可是富裕人家，究屬是少數，大多數的人們，平日糊得上嘴，已不容易，哪有力量積存稻穀，逢到災荒，就沒有飯吃，為了活命，只有去吃富戶的一法。他們去的時候，排著隊

龍山七子圖　　一八九四年・三十二歲

七子者，真吾羅斌，醒吾羅羲，言川王訓，子荃譚道，西木胡栗，茯根陳節暨余也。甲午季春過訪時園，醒吾老兄出紙一幅，囑余繪圖以紀其事。余亦局中人，不得置之度外。遂於酒後驅使山靈以為點綴焉。濱生弟齊璜並識。

伍，魚貫而進，倒也很守秩序，不是亂搶亂撞的。到了富戶家裏，自己動手開倉取穀，打米煮飯，但也不是把富戶的存穀，完全吃光，吃了幾頓飽飯，又往別的地方，換個人家去吃。鄉裏人稱他們為「吃排飯」。但是他們一群去了，另一群又來，川流不息地來來去去，富戶存的稻穀，歸根結蒂，雖沒吃光，也就吃得所剩無幾了。我們這些詩友，恰巧此時陸續地來到黎松安家，本是為了羅山詩社來的，附近的人，不知底細，卻造了許多謠言，說是長塘黎家，存穀太多，連一批破靴黨（意指不安本分的讀書人）都來吃排飯了。

那時，龍山詩社從五龍山的大杰寺內遷出，遷到南泉衝黎雨民的家裏。我往來於龍山、羅山兩詩社，他們都十分歡迎。這其間另有一個原因，原因是什麼呢？他們要我造花箋。我們家鄉，是買不到花箋的，花箋是家鄉土話，就是寫詩的詩箋。兩個詩社的社友，都是少年愛漂亮，認為作成了詩，寫的是白紙，或是普通的信箋，沒有寫在花箋上，覺得是一件憾事，有了我這個能畫的人，他們就跟我商量了。我當然是義不容辭，立刻就動手去做，用單宣和官堆一類的紙，裁八行信箋大小，在晚上燈光之下，一張一張地畫上幾筆，有山水，也有花鳥，也有草蟲，也有魚蝦之類，著上了淡淡的顏色，倒也雅緻得很。我一晚上能夠畫出幾十張，一個月只要畫上幾個晚上，分給社友們寫用，就足夠的了。王仲言常常對社友說：「這些花箋，是瀕生辛辛苦苦造成的，我們寫詩的時候，一定要仔細地用，不要寫錯。隨便糟蹋了，非但是怪可惜的，也對不起瀕生熬夜的辛苦！」

說起這花箋，另有一段故事：在前幾年，我自知文理還不甚通順，不敢和朋友們通信，黎雨民要我跟他書信往來，特意送了我一些信箋，逼著我給他寫信，我就從此開始寫起信來，這確是算得我生平的一個紀念。不過雨民送我的，是寫信用的信箋，不是寫詩用的花箋。為了談起造花箋的事，我就想起黎雨民送我信箋的事來了。

光緒二十二年（丙申・一八九六），我三十四歲。我起初寫字，學的是館閣體，到了韶塘胡家讀書以後，看了沁園、少蕃兩位老師，寫的都是道光年間，我們湖南道州何紹基一體的字，我也跟著他們學了。又因詩友們，有幾位會寫鐘鼎篆隸，兼會刻印章的，我想學刻印章，必須先會寫字，因之我在閒暇時候，也常常寫些鐘鼎篆隸了。前二年，我在人家畫像，遇上了一個從長沙來的人，號稱篆刻名家，求他刻印的人很多，我也拿了一方壽山石，請他給我刻個名章。隔了幾天，我去問他刻好了沒有？他把石頭還了給我，說：「磨磨平，再拿來刻！」我看這塊壽山石，光滑平整，並沒有什麼該磨的地方，既是他這麼說，我只好磨了再拿去。他看也沒看，隨手擱在一邊。又過了幾天，再去問他，仍舊把石頭扔還給我，說：「沒有平，拿回去再磨磨！」我看他倨傲得厲害，好像看不起我這塊壽山石，也許連我這個人，也不在他的眼中。我想：何必為了一方印章，自討沒趣。我氣憤之下，把石頭拿回來，當夜用修腳刀，自己把它刻了。第二天一早，給那家主人看見，很誇獎地說：「比了這位長沙來的客人刻的，大有雅俗之分。」我雖覺得高興，但也自知，我何嘗懂得篆法刀法呢！我那時刻印，還是一個門外漢，不敢在人前賣弄。朋友中間，王仲言、黎松安、黎薇蓀等，卻都喜歡刻印，拉我在一起，教我一些初步的方法，我參用了雕花的手藝，順著筆畫，一刀一刀地削去，簡直是跟了他們，鬧著玩兒。

沁園師的本家胡輔臣，介紹我到皋山黎桂塢家去畫像。皋山黎家和長塘黎松安家是同族。黎桂塢的弟弟薇蓀、鐵安，都是會刻印章的，鐵安尤其精深，我就向他請教：「我總刻不好，有什麼方法辦呢？」鐵安笑著說：「南泉衝的楚石，有的是！你挑一擔回家去，隨刻隨磨，你要刻滿三四個點心盒，都成了石漿，那就刻得好了。」這雖是一句玩笑話，卻也很有至理。我於是打定主意，發憤學刻印章，從多磨多刻這句話上著想，去下工夫了。

黎松安是我最早的印友，我常到他家去，跟他切磋，一去就在他家住上幾天。我刻著印章，刻了再磨，磨了又刻，弄得我住的他家客室，四面八方，滿都是泥漿。他還送給我丁龍泓、黃小松兩家刻印的拓片，我很想學他們兩人的刀法，只因拓片不多，還摸不到門徑。

曾經灞橋風雪

患難見交情

魯班門下

業荒於戲

木人

大匠之門

白石

齊白石

齊大

阿芝

白石翁

借山翁

齊璜之印

光緒二十三年（丁酉・一八九七），我三十五歲。二十四年（戊戌・一八九八），我三十六歲。我在三十五歲以前，足跡只限於杏子塢附近百里之內，連湘潭縣城都沒去過。直到三十五歲那年，才由朋友介紹，到縣城裏去給人家畫像。後來請我畫像的人漸多，我就常常地進城去了。我在湘潭城內，認識了郭葆生（人漳），是個道台班子（有了道台資格還未補到實缺的人）的大少爺。又認識了一位桂陽州的名士夏壽田，號叫午詒，也是一位貴公子。這時松安家新造了一所書樓，名叫誦芬樓，羅山詩社的詩友們，就在那裏集會。我們龍山詩社的人，也常去參加。次年，我三十六歲，春君生了個女孩，小名叫做阿梅。黎薇蓀的兒子戩齋，交給我丁龍泓、黃小松兩家的印譜，說是他父親從四川寄回來送給我的。前年，黎松安給過我丁黃刻印的拓片，我對於丁黃兩家精密的刀法，就有了途軌可循了。

光緒二十五年（己亥・一八九九），我三十七歲。正月，張仲颺介紹我去拜見王湘綺先生，我拿了我作的詩文、寫的字、畫的畫、刻的印章，請他評閱。湘公說：「你畫的畫、刻的印章，又是一個寄禪黃先生哪！」湘公說的寄禪，是我們湘潭有名的一個和尚，俗家姓黃，原名讀山，是宋朝黃山谷的後裔，出家後，法名敬安，寄禪是他的法號，他又自號為八指頭陀。他也是少年寒苦，自己發憤成名，湘公把他來比我，真是抬舉我了。

那時湘公的名聲很大，一般趨勢好名的人，都想列入門牆，遞上一個門生帖子，就算作王門弟子，在人前賣弄賣弄，覺得很有光彩了。張仲颺屢次勸我拜湘公的門，我怕人家說我標榜，遲遲沒有答應。湘公見我這人很奇怪，說高傲不像高傲，說趨附又不肯趨附，簡直莫名其所以然。曾對吳劭之說：「各人有各人的脾氣，我門下有銅匠衡陽人曾招吉，鐵匠我同縣烏石寨人張仲颺，還有一個同縣的木匠，也是非常好學的，卻始終不肯做我的門生。」這話給張仲颺聽到了，特來告訴我，並說：「王老師這樣地看重你，還不去拜門？人們求都求不到，你難道是抬也抬不來嗎？」我本也感激湘公的一番厚意，不敢再固執。到了十月十八日，就同了仲颺，到湘公那裏，正式拜門。但我終覺得自己學問太淺，老怕人家說我拜入王門，是想抬高

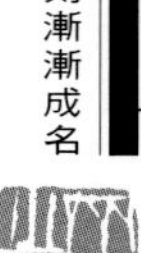

身分，所以在人面前，不敢把湘綺師掛在嘴邊。不過我心裏頭，對湘綺師是感佩得五體投地的。仲颺又對我說：「湘綺師評你的文，倒還像個樣子，詩卻成了《紅樓夢》裏呆霸王薛蟠的一體了。」這句話真是說著我的毛病了。我作的詩，完全寫我心頭裏要說的話，沒有在字面上修飾過，自己看過，也有點呆霸王那樣的味兒哪！

那時，黎鐵安又介紹我到湘潭縣城裏，給茶陵州的著名紳士譚氏三兄弟，刻他們的收藏印記，這三位都是譚鐘麟的公子。譚鐘麟做過閩浙總督和兩廣總督，是赫赫有名的一品大員。他們三弟兄，大的叫譚延闓，號組安；次的叫譚恩闓，號組庚；小的叫譚澤闓，號瓶齋。我一共給他們刻了十多方印章。自己看著，倒還過得去。卻有一個丁拔貢，名叫可鈞的，自稱是個金石家，指斥我的刀法太懶，說了不少壞話。譚氏兄弟聽了丁拔貢的話，就把我刻的字，統都磨掉，另請這位丁拔貢去刻了。我聽到這個消息，心想：我和丁可鈞，都是摹仿丁龍泓、黃小松兩家的，難道說，他刻得對，我就不對了麼？究竟誰對誰不對，懂得此道的人自有公論，我又何必跟他計較，也就付之一笑而已。

光緒二十六年（庚子‧一九〇〇），我三十八歲。湘潭縣城內，住著一位江西鹽商，是個大財主。他逛了一次衡山七十二峰，以為這是天下第一勝景，想請人畫個南嶽全圖，作為他遊山的紀念。朋友介紹我去應徵，我很經意地畫成六尺中堂十二幅。我為了湊合鹽商的意思，著色特別濃重；十二幅畫，光是石綠一色，足足地用了二斤，這真是一個笑柄。鹽商看了，卻是十分滿意，送了我三百二十兩銀子。這三百二十兩，在那時是一個了不起的數目，人家聽了，吐吐舌頭說：「這還了得，畫畫真可以發財啦！」因為這一次畫，我得了這樣的高價，傳遍了湘潭附近各縣，從此我賣畫的聲名，就大了起來，生意也就益發的多了。

我住的星斗塘老屋，房子本來很小，這幾年，家裏添了好多人口，顯得更見狹窄了。我拿回了三百二十兩銀子，就想另外找一所住房，恰巧離白石鋪不遠的獅子口，在蓮花寨下面，有所梅公祠，附近還有幾十畝祠堂的祭田，正在招人典租，索價八百兩

借山圖冊（二十二開之四）　約一九〇二年・約四十歲

借山圖冊（二十二開之七）　約一九〇二年・約四十歲

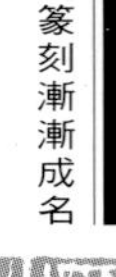

銀子，我很想把它承典過來，只是沒有這些銀子。我有一個朋友，是種田的，他願意典祠堂的祭田，於是我出三百二十兩，典住祠堂房屋，他出四百八十兩，典種祠堂祭田。事情辦妥，我就同了我妻陳春君，帶著我們兩個兒子，兩個女兒，搬到梅公祠去住了。蓮花寨離餘霞嶺，有二十來里地，一望都是梅花，我把住的梅公祠，取名百梅書屋。我作過一首詩，說：

借山圖冊（二十二開之八）　約一九〇二年・約四十歲

借山圖冊（二十二開之十四）　約一九〇二年・約四十歲

最關情是舊移家，屋角寒風香徑斜。
二十里中三尺雪，餘霞雙屐到蓮花。

梅公祠邊，梅花之外，還有許多木芙蓉，花開時好像鋪著一大片錦繡，好看得很。梅公祠內，有一點空地，我添蓋了一間書房，取名借山吟館。房前屋後，種了幾株芭蕉，到了夏天，綠蔭

借山圖冊（二十二開之二十）　約一九〇二年・約四十歲

借山圖冊（二十二開之二十一）　約一九〇二年・約四十歲

鋪階，涼生几榻，尤其是秋風夜雨，瀟瀟簌簌，助人詩思。我有句云：

蓮花山下窗前綠，猶有挑燈雨後思。

這一年我在借山吟館裏，讀書學詩，作的詩，竟有幾百首之多。

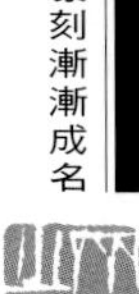

借山吟館圖（山水條屏之一）　　一九三二年・七十歲

門前鳧鴨與人閒。舊句也。只此一句，足見借山之清寂。

兩粵之間（圖稿）
客桂林為郭五造稿（圖稿）

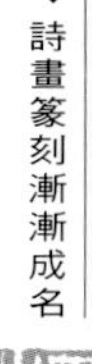

客章門自家存稿
(圖稿)

客桂林為郭五造稿
(圖稿)

山水
年代不詳

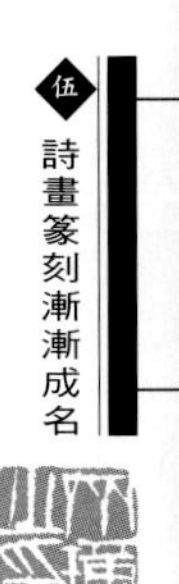

梅公祠離星斗塘，不過五里來地，並不太遠。我和春君，常常回到星斗塘去看望祖母和我父親母親，他們也常到梅公祠來玩兒。從梅公祠到星斗塘，沿路水塘內，種的都是荷花，到花盛開之時，在塘邊行走，一路香風，沁人心胸。我有兩句詩說：

五里新荷田上路，百梅祠到杏花村。

我在梅公祠門前的水塘內，也種了不少荷花，夏末秋初，結的蓮蓬很多，在塘邊用稻草蓋了一個棚子，囑咐我兩個兒子，輪流看守。那年，我大兒子良元，年十二歲，次兒良黼，年六歲。他們兄弟倆，平常日子，到山上去砍柴，砍柴挺賣力氣，我見了心裏很喜歡。有一天，中午剛過，我到門前塘邊閒步，只見良黼躺在草棚之下，睡得正香。草棚是很小的，遮不了他整個身體，棚子頂上蓋的稻草，又極稀薄，他穿了一件破舊的短衣，汗出得像流水一樣。我看看地上的草，都給太陽曬得枯了。心想，他小小年紀，在這毒烈的太陽底下，怎麼能受得了呢？就叫他說：「良黼，你睡著了嗎？」他從睡夢中霍地坐了起來，怕我責備，擦了擦眼淚，對我看看，喘著氣，咳了一聲嗽。我看他怪可憐的，就叫他跟我進屋去。這孩子真是老實極了。

光緒二十七年（辛丑・一九〇一），我三十九歲。朋友問我：「你的借山吟館，取了借山兩字，是什麼意思？」我說：「意思很明白，山不是我所有，我不過借來娛目而已！」我就畫了一幅借山吟館圖，留作紀念。有人介紹我到湘潭縣城裏，給內閣中書李家畫像。這位李中書，名叫鎮藩，號翰屏，是個傲慢自大的人，向來是誰都看不起的，不料他一見我面，卻談得非常之好，而且還彬彬有禮。我倒有點奇怪了，以為這樣一個有名的狂士，怎麼能夠跟我交上朋友了呢? 經過打聽，原來他有個內閣中書的同事，是湘綺師的內弟蔡枚功，名毓春，曾經對他說過：「國有顏子而不知，深以為恥。」蔡公這樣地抬舉我，李翰屏也就對我另眼相看了。

那年十二月十九日，我遭逢了一件大不幸的事情，我祖母馬孺人故去了。我小時候，她背了我下地做活，在窮苦無奈之時，她寧可自己餓著肚子，留了東西給我吃，想起了以前種種情景，心裏頭真是痛如刀割。

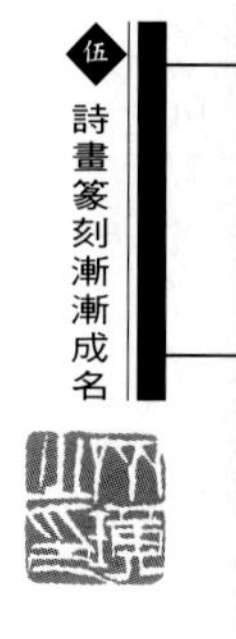

五出五歸

陸

五出五歸

（一九〇二～一九一六）

光緒二十八年（壬寅・一九〇二），我四十歲。四月初四，春君又生了個男孩，這是我們的第三子，取名良琨，號子如。

我在四十歲以前，沒有出過遠門，來來往往，都在湘潭附近各地。而且到了一地，也不過稍稍勾留，少則十天半月，至多三五個月。得到一點潤筆的錢，就拿回家去，奉養老親，撫育妻子。我不希望發什麼財，只圖糊住了一家老小的嘴，於願已足，並不作遠遊之想。那年秋天，夏午詒由翰林改官陝西，從西安來信，叫我去教他的如夫人姚無雙學畫，知道我是靠作畫刻印的潤資度日的，就把束脩和旅費，都匯寄給我。郭葆生也在西安，怕我不肯去，寄了一封長信來，說：

> 無論作詩作文，或作畫刻印，均須於遊歷中求進境。作畫尤應多遊歷，實地觀察，方能得其中之真諦。古人云，得江山之助，即此意也。作畫但知臨摹前人名作或畫冊畫譜之類，已落下乘，倘復僅憑耳食，隨意點綴，則隔鞋搔癢，更見其百無一是矣。只能常作遠遊，眼界既廣闊，心境亦舒展，輔以穎敏之天資，深邃之學力，其所造就，將無涯涘，較之株守家園，故步自封者，誠不可以道

華山圖（團扇）　　一九〇三年・四十一歲

看山須上最高樓，勝地曾經且莫愁，碑石火殘存五嶽，樹名人識過青牛。日晴合掌輸山色，雲近黃河學水流，歸臥南衡對圖畫，刊文還笑夢中遊。

> 里計也。關中夙號天險，山川雄奇，收之筆底，定多傑作。兄仰事俯蓄，固知憚於旅寄，然為畫境進益起見，西安之行，殊不可少，尚望早日命駕，毋勞躊躇！

我經他們這樣督促，就和父母商量好了，於十月初，別了春君，動身北上。

那時，水陸交通，很不方便，走得非常之慢，我卻趁此機會，添了不少畫料。每逢看到奇妙景物，我就畫上一幅。到此境界，才明白前人的畫譜，造意佈局，和山的皴法，都不是沒有根據的。我在中途，畫了很多，最得意的有兩幅：一幅是路過洞庭湖，畫的是《洞庭看日圖》；一幅是快到西安之時，畫的是《灞橋風雪圖》。我都列入《借山吟館圖卷》之內。

我到西安，已是十二月中旬了，見著午詒，又會到了葆生，張仲颺也在西安，還認識了長沙人徐崇立。在快要過年的時候，午詒介紹我去見陝西臬台樊樊山（增祥），他是當時的名士，又是南北聞名的大詩人。我刻了幾方印章，帶了去，想送給他。到了臬台衙門，因為沒有遞「門包」，門上不給我通報，白跑了一趟。午詒跟樊山說了，才見著了面。樊山送了我五十兩銀子，作為刻印的潤資，又替我訂了一張刻印的潤例，親筆寫好了交給我。

在西安的許多湖南同鄉，看見臬台這樣地看得起我，就認為是大好的進身之階。張仲颺也對我說，機會不可錯過，勸我直接去走臬台門路，不難弄到一個很好的差事。我以為一個人要是利慾熏心，見縫就鑽，就算鑽出了名堂，這個人的人品，也可想而知了。因此，仲颺勸我積極營謀，我反而勸他懸崖勒馬。仲颺這樣一個熱中功名的人，當然不會受我勸的，但是像我這樣一個淡於名利的人，當然也不會聽他話的。我和他，從此就有點小小的隔閡，他的心裏話，也就不跟我說了。

光緒二十九年（癸卯・一九〇三），我四十一歲。在西安住了三個來月，夏午詒要進京謀求差事，調省江西，邀我同行。樊樊山告訴我：他五月中也要進京，慈禧太后喜歡繪畫，宮內有位雲南籍的寡婦繆素筠，給太后代筆，吃的是六品俸，他可以在太后面前推薦我，也許能夠弄個六七品的官銜。我笑著說：「我是沒見過世面的人，叫我去當內廷供奉，怎麼能行呢？我沒有別的打算，只想賣賣畫，刻刻印章，憑著這一雙勞苦的手，積蓄得三二千兩銀子，帶回家去，夠我一生吃喝，也就心滿意足了。」夏午詒說：「京城裏遍地是銀子，有本領的人，俯拾即是，三二千兩銀子，算得了什麼！瀕生當了內廷供奉，在外頭照常可以賣畫刻印，還怕不夠你一生吃喝嗎？」我聽他們都是官場口吻，不便接口，只好相對無言了。

三月初，我隨同午詒一家，動身進京。路過華陰縣，登上了萬歲樓，面對華山，看個盡興。一路桃花，長達數十里，風景之美，真是生平所僅見。到晚晌，畫了一幅《華山圖》。華山山勢陡

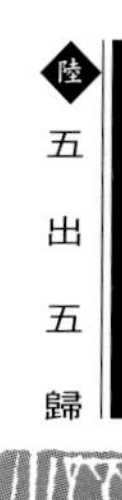

立，看去真像刀削一樣。渡了黃河，在弘農澗地方，遠看嵩山，另是一種奇景。我向旅店中借了一張小桌子，在澗邊畫了一幅《嵩山圖》。在漳河岸邊，看見水裏有一塊長方形的石頭，好像是很光滑的，我想取了來，磨磨刻字刀，倒是十分相宜。拾起來仔細一看，卻是塊漢磚，銅雀台的遺物。無意間得到了稀見的珍品，真是喜出望外。可惜十多年後，在家鄉的兵亂中，給土匪搶去了。

我進了京城，住在宣武門外北半截胡同夏午詒家。每天教無雙學畫以外，應了朋友的介紹，賣畫刻印章。閒暇時候，常去逛琉璃廠，看看古玩字畫。也到大柵欄一帶去聽聽戲。認識了湘潭同鄉張翊六，號貢吾；衡陽人曾熙，號農髯；江西人李瑞荃，號筠庵。其餘還有不少的新知舊友，常在一起遊宴。但是一般勢利的官場中人，我是不願和他們接近的。記得我初認識曾農髯時，誤會他是個勢利人，囑咐午詒家的門房，待他來時，說我有病，不能會客。他來過幾次，都沒見著。一次他又來了，不待通報，直闖進來，連聲說：「我已經進來，你還能不見我嗎？」我無法再躲，只得延見。農髯是個風雅飽學之士，後來跟我交得很好，當初我錯看了他，實在抱歉之極。三月三十日那天，午詒同楊度發起，在陶然亭餞春，到了不少的詩人，我畫了一幅《陶然亭餞春圖》。楊度，號皙子，湘潭同鄉，也是湘綺的門生。

到了五月，聽說樊山已從西安起程，我怕他來京以後，推薦我去當內廷供奉，少不得要添出許多麻煩。我向午詒說：「離家半年多，想念得很，打算出京回家去了。」午詒留著我，我堅決要走。他說：「既然留你不得，我也只好隨你的便！我想，給你捐個縣丞，指省江西，你到南昌去候補，好不好呢？縣丞雖是微秩，究屬是朝廷的命官，慢慢地磨上了資格，將來署縣缺，是並不難的。況且我是要到江西去的，替你打點打點，多少總有點照應。」我說：「我哪裏會做官，你的盛意，我只好心領而已。我如果真的到官場裏去混，那我簡直是受罪了！」午詒看我意志並無猶豫，知道我是絕不會幹的，也就不再勉強，把捐縣丞的錢送了給我。我拿了這些錢，連同在西安北京賣畫刻印的潤資，一共有二千多兩銀子，可算是不虛此行了。

我在北京臨行之時，在李玉田筆鋪，定製了畫筆六十枝，每枝上面，挨次刻著號碼，刻的字是：「白石先生畫筆第幾號。」當時有人說，不該自稱先生，這樣地刻筆，未免狂妄。實則從前金冬心就自己稱過先生，我摹仿著他，有何不可呢？樊樊山在我出京後不久，也到了京城，聽說我已走了，對夏午詒說：「齊山人志行很高，性情卻有點孤僻啊！」

我出京城，從天津坐海輪，過黑水洋，到上海，再坐江輪，轉漢口，回到家鄉，已是六月炎天了。我從四十歲起至四十七歲止，出過遠門五次，是我生平可紀念的五出五歸，這次遠遊西安北京，繞道天津上海回家，是我五出五歸中的一出一歸，也就是我出門遠遊的第一次。那時，同我合資典租梅公祠祭田的那位朋友，想要退田，我提出四百八十兩給了他，以後梅公祠的房子和祭田，統都歸我承典了。我回鄉以後，仍和舊日師友常相晤敘，作畫吟詩刻印章，是每天的日課。

光緒三十年（甲辰・一九〇四），我四十二歲，春間，王湘綺師約我和張仲颺遊南昌。過九江，遊了廬山。到了南昌，住在湘綺師的寓中，我們常去遊滕王閣、百花洲等名勝。銅匠出身的曾招吉，那時在南昌製造空運大氣球，聽說他試驗了幾次，都掉到水裏去了，人都作為笑談，他仍是專心一志地研究。他也是湘綺師的門生，和鐵匠出身的張仲颺、木匠出身的我，同稱「王門三匠」。南昌是江西省城，大官兒不算很少，欽慕湘綺的盛名，時常來登門拜訪。仲颺和招吉，周旋其間，倒也認識了很多闊人。我卻怕和他們打著交道，看見他們來了，就躲在一邊，避不見面，並不出去招呼，所以他們認識我的很少。

七夕那天，湘綺師在寓所，招集我們一起飲酒，並賜食石榴。席間，湘綺師說：「南昌自從曾文正公去後，文風停頓了好久，今天是七夕良辰，不可無詩，我們來聯句吧！」他就自己首唱了兩句：「地靈勝江匯，星聚及秋期。」我們三個人聽了，都沒有聯上，大家互相看看，覺得很不體面。好在湘綺師是知道我們底細的，看我們誰都聯不上，也就罷了。我在夏間，曾把我所刻的印章拓本，呈給湘綺師評閱，並請他作篇序文。就在那天晚上，湘綺師把作成的序文給了我。到了八月十五中秋節，我才回到了家鄉。這是我五出五歸中的二出二歸。想起七夕在南昌聯句之

事，覺得作詩這一門，倘不多讀點書，打好根基，實在不是容易的事。雖說我也會哼幾句平平仄仄，怎麼能夠自稱為詩人了呢？因此，就把借山吟館的「吟」字刪去，只名為借山館了。

光緒三十一年（乙巳‧一九〇五），我四十三歲。在黎薇蓀家裏，見到趙之謙的《二金蝶堂印譜》，借了來，用朱筆鉤出，倒和原本一點沒有走樣。從此，我刻印章，就摹仿趙撝叔的一體了。我作畫，本是畫工筆的，到了西安以後，漸漸改用大寫意筆法。以前我寫字，是學何子貞的，在北京遇到了李筠庵，跟他學寫魏碑，他叫我臨爨龍顏碑，我一直寫到現在。人家說我出了兩次遠門，作畫寫字刻印章，都變了樣啦，這確是我改變作風的一個大樞紐。

七月中旬，汪頌年約我遊桂林。頌年名詒書，長沙人，翰林出身，時任廣西提學使。廣西的山水，是天下著名的，我就欣然而往，進了廣西境內，果然奇峰峻嶺，目不暇接。畫山水，到了廣西，才算開了眼界啦！只是桂林的氣候，倏忽多變，炎涼冷暖捉摸不定，出去遊覽，必須把棉夾單三類衣服，帶個齊全，才能應付天氣的變化。我作過一首詩：

廣西時候不相侔，自打衣包作小遊，
一日扁舟過陽朔，南風輕葛北風裘。

並不是過甚其辭。

我在桂林，賣畫刻印為生。樊樊山在西安給我定的刻印潤格，我借重他的大名，把潤格掛了出去，生意居然很好。那時，寶慶人蔡鍔，新從日本回國，在桂林創辦巡警學堂。看我賦閒無事，託人來說：「巡警學堂的學生，每逢星期日放假，常到外邊去鬧事，想請您在星期那天，去教學生們作畫，每月送薪資三十兩銀子。」我說：「學生在外邊會鬧事，在裏頭也會鬧事，萬一鬧出轟教員的事，把我轟了出來，顏面何存，還是不去的好。」三十兩銀子請個教員，在那時是很豐厚的薪資，何況一個月只教四天的課，這是再優惠沒有的了。我緊辭不就，人都以為我是個怪人。松坡又有意自己跟我學畫，我也婉辭謝絕。

魚鷹（圖稿）　一九〇四年・四十二歲

有一天在朋友那裏，遇到一位和尚，自稱姓張，名中正，人都稱他為張和尚。我看他行動不甚正常，說話也多可疑，問他從哪裏來，往何處去，他都閃爍其辭，沒曾說出一個準地方，只是吞吞吐吐的「唔」了幾聲，我也不便多問了。他還託我畫過四條屏，送了我二十塊銀元。我打算回家的時候，他知道了，特地跑來對我說：「你哪天走？我預備騎馬，送你出城去！」這位和尚待友，倒是很慇勤的。到了民國初年，報紙上常有黃克強的名字，是人人知道的。朋友問我：「你認識黃克強先生嗎？」我說：「不認識。」又問我：「你總見過他？」我說：「素昧平生。」朋友笑著說：「你在桂林遇到的張和尚，既不姓張，又不是和尚，就是黃先生。」我才恍然大悟，但是我和黃先生始終沒曾再見過。

光緒三十二年（丙午・一九〇六），我四十四歲。在桂林過了年，打算要回家，畫了一幅《獨秀山圖》。正想動身的時候，忽接父親來信，說是四弟純培，和我的長子良元，從軍到了廣東，家裏很不放心，叫我趕快去追尋。我就取道梧州，到了廣州，住在祇園寺廟內。探得他們跟了郭葆生，到了欽州去了。原來現任兩廣總督袁海觀，也是湘潭人，跟葆生是親戚。葆生是個候補道，指省廣東不久，就放了欽廉兵備道。道台是駐在欽州的。純培和良元，是葆生叫去的，他們怕家裏不放遠行，瞞了人，偷偷地到了廣東。我打聽到確訊，趕到了欽州。葆生笑著說：「我叫他們叔侄來到這裏，連你這位齊山人也請到了！」我說：「我是找他們來的，既已見到，家裏也就放心了。」

葆生本也會畫幾筆花鳥，留我住了幾個月，叫他的如夫人跟我學畫。他是一個好名的人，自己的畫雖不太好，卻很喜歡揮毫，官場中本沒有真正的是非，求他畫的人倒也不少。我到了以後，應酬畫件，葆生就叫我代為捉刀，送了我一筆潤資。他收羅的許多名畫，像八大山人、徐青藤、金冬心等真跡，都給我臨摹了一遍，我也得益不淺。到了秋天，我跟葆生訂了後約，獨自回家鄉。這是我五出五歸中的三出三歸。

我回家後不久，周之美師傅於九月二十一日死了。我聽得這個消息，心裏難受得很。回想當初跟我師傅學藝的時候，師傅視我如子，把他雕花的絕技，全套教給了我。出師後，我雖常去看他，只因連年在外奔波，相見的日子，並不甚多。不料此次遠遊歸來，竟成長別。師傅又沒有後嗣，身後淒涼，令人酸鼻。我到他家去哭奠了一場，又作了一篇＜大匠墓誌＞去追悼他。憑我這一點微薄的意思，怎能報答我師傅當初待我的恩情呢？

那時，我因梅公祠的房屋和祠堂的祭田，典期屆滿，另在餘霞峰山腳下，茶恩寺茹家衝地方，買了一所破舊房屋和二十畝水田。茹家衝在白石鋪的南面，相隔二十來里。西北到曉霞山，也不過三十來里。東西是楓樹坳，坳上有大楓樹百十來棵，都是幾百年前遺留下來的。西北是老壩，又名老溪，是條小河，岸的兩邊，古松很多。我們房屋的前面和旁邊，各有一口水井，井邊種了不少的竹子，房前的井，名叫墨井。這一帶在四山圍拘之中，風景很是優美。

我把破舊的房屋，翻蓋一新，取名為寄萍堂。堂內造一書室，取名為八硯樓，名雖為樓，並非樓房，我遠遊時得來的八塊硯石，置在室中，所以題了此名。這座房子，是我畫了圖樣蓋的，前後窗戶，安上了從上海帶回來的細鐵絲紗，我把它稱作「碧紗櫥」。佈置妥當，於十一月同春君帶著兒女們，從梅公祠舊居，搬到了茹家衝新宅。我以前住的，只能說是借山，此刻置地蓋房，才可算是買山了。

十二月初七日，大兒媳生了個男孩，這是我的長孫，取名秉靈，號叫近衡。因他生在搬進新宅不到一月，故又取號移孫。鄰居們看我新修了住宅，又添了一個孫子，都來祝賀說：「人興財

荔枝　　約三十年代初期

旺！」我的心境，確比前幾年舒展得多了。

光緒三十三年（丁未・一九〇七），我四十五歲。上年在欽州，與郭葆生話別，訂約今年再去。過了年，我就動身了。坐轎到廣西梧州，再坐輪船，轉海道而往，到了欽州，葆生仍舊叫我教他如夫人學畫，兼給葆生代筆。住不多久，隨同葆生到了肇慶。遊鼎湖山，觀飛泉潭。又往高要縣，遊端溪，謁包公祠。欽州轄界，跟越南接壤，那年邊疆不靖，兵備道是要派兵去巡邏的。我趁此機會，隨軍到達東興。這東興在北侖河北岸，對面是越南的芒街，過了鐵橋，到了北侖河南岸，遊覽越南山水。野蕉數百株，映得滿天都成碧色。我畫了一張《綠天過客圖》，收入《借山圖卷》之內。

回到欽州，正值荔枝上市，沿路我看了田裏的荔枝樹，結著纍纍的荔枝，倒也非常好看，從此我把荔枝也入了我的畫了。曾有人拿了許多荔枝來，換了我的畫去，這倒可算是一樁風雅的事。還有一位歌女，我捧過她的場，她常常剝了荔枝肉給我吃。我作了一首紀事詩：

客裏欽州舊夢癡，南門河上雨絲絲，
此生再過應無分，纖手教儂剝荔枝。

欽州城外，有所天涯亭，我每次登亭遊眺，總不免有點遊子之思。到了冬月，動身回鄉，到家已是臘鼓頻催的時節了。這是五出五歸中的四出四歸。

光緒三十四年（戊申・一九〇八），我四十六歲。羅醒吾在廣東提學使衙門任事，叫我到廣州去玩玩。我於二月間到了廣州，本想小住幾天，轉道往欽州，醒吾勸我多留些時，我就在廣州住下，仍以賣畫刻印為生。那時廣州人看畫，喜的是「四王」一派，求我畫的人很少。惟獨非常誇獎我的刀法，求我刻印的人，每天總有十來起。因此賣藝生涯，亦不落寞。醒吾參加了孫中山先生領導的同盟會，在廣州做祕密的革命工作。他跟我同是龍山詩社七子之一，彼此無話不談。此番在廣州見面，他悄悄地把革命黨的內容，和他工作的狀況，告訴了我，並要我幫他做點事，替他們傳遞文件。我想，這倒不是難辦的事，只須機警地不露破綻，不會發生什麼問題，當下也答允了。從此，革命黨的祕密文件，需要傳遞，醒吾都交我去辦理。我是假借賣畫的名義，把文件夾雜在畫件之內，傳遞得十分穩妥。好在這樣的傳遞，每月並沒有多少次，所以始終沒露痕跡。秋間，我父親來信叫我回去，我在家住了沒有多久，父親叫我往欽州接我四弟和我長子回家，又動身到了廣東。

宣統元年（己酉・一九〇九），我四十七歲。在廣州過了年，正月到欽州，葆生留我住過了夏天，我才帶著我四弟和我長子，經廣州往香港，到了香港，換乘海輪，直達上海。住了幾天，正值中秋佳節，就攜同純培和良元，坐火車往蘇州，乘夜去遊虎

滕王閣（借山圖之十七）
一九一〇年・四十八歲

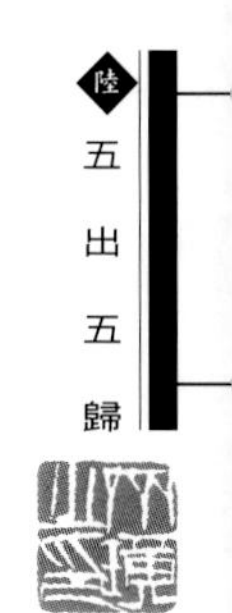

古樹歸鴉圖（石門廿四景之二）　　一九一〇年・四十八歲

八哥解語偏饒舌，鸚鵡能言有是非。省卻人間煩惱事，斜陽古樹看鴉歸。

丘。第二天，我們到了南京。我想去見李梅庵，他往上海去了，沒有見著。梅庵名瑞清，是筠庵的哥哥，是當時有名的一位書法家。我刻了幾方印章，留在他家。在南京，匆匆逛了幾處名勝，就坐江輪西行。路過江西小姑山，在輪中畫了一個《小姑山圖》，收入我的《借山圖卷》之內。九月，回到了家。這是我五出五歸末一次回來。

宣統二年（庚戌・一九一〇），我四十八歲。回家以後，自覺書底子太差，天天讀些古文詩詞，想從根基方面，用點苦功。有時和舊日詩友，分韻鬥詩，刻燭聯吟，往往一字未妥，刪改再三，不肯苟且。還把遊歷得來的山水畫稿，重畫了一遍，編成《借山圖卷》，一共畫了五十二幅。朋友胡廉石把他自己住在石門附近的景色，請王仲言擬了二十四個題目，叫我畫石門二十四景圖。我精心構思，換了幾次稿，費了三個多月的時間，才把它畫成。廉石和仲言，都說我遠遊歸來，畫的境界，比以前擴展得多了。

黎薇蓀自從四川辭官歸來，在岳麓山下，新造了一所別墅，取名聽葉庵，叫我去玩。我到了長沙，住在通泰街胡石庵的家裏。王仲言在石庵家坐館，沁園師的長公子仙甫，也在省城。薇

石泉悟畫圖（石門廿四景之三）　　一九一〇年・四十八歲

古人粉本非真石，十日工夫畫一泉。如此十年心領略，為君添隻米家船。

蓀那時是湖南高等學堂的監督，高等學堂是湖南全省最高的學府，在岳麓書院的舊址，張仲颺在裏頭當教務長，都是熟人。我同薇蓀、仲颺和胡石庵、王仲言、胡仙甫等，遊山吟詩，有時又刻印作畫，非常歡暢。我刻印的刀法，有了變化，把漢印的格局，融會到趙撝叔一體之內，薇蓀說我古樸耐人尋味。茶陵州的譚氏兄弟，十年前聽了丁拔貢的話，把我刻的印章磨平了。現在他們懂得些刻印的門徑，知道丁拔貢的話並不可靠，因此，把從前要刻的收藏印記，又請我去補刻了。同時，湘綺師也叫我刻了幾方印章。省城裏的人，頓時哄傳起來，求我刻印的人，接連不斷，我曾經有過一句詩：「姓名人識鬢成絲。」人情世態，就是這樣的勢利啊！

宣統三年（辛亥・一九一一），我四十九歲。春二月，聽說湘綺師來到長沙，我進省去訪他，並面懇給祖母作墓誌銘。這篇銘文，後來由我自己動手刻石。譚組安約我到荷花池上，給他們先人畫像。他的四弟組庚，於前年八月故去，也叫我畫了一幅遺像。我用細筆在紗衣裏面，畫出袍褂的團龍花紋，並在地毯右角，畫上一方「湘潭齊璜瀕生畫像記」小印，這是我近年來給人畫

仿石濤山水（冊頁）　約一九一〇年至一九一七年・約四十八至五十五歲

像的記識。

清明後二日，湘綺師借瞿子玖家裏的超覽樓，招集友人飲宴，看櫻花海棠。寫信給我說：「借瞿協揆樓，約文人二三同集，請翩然一到！」我接信後就去了。到的人，除了瞿氏父子，尚有嘉興人金甸臣、茶陵人譚祖同(澤闓)等。瞿子玖名鴻禨，當過協辦大學士、軍機大臣。他的小兒子宣穎，號兌之，也是湘綺師的門生，那時還不到二十歲。瞿子玖作了一首櫻花歌七古，湘綺師作了四首七律，金、譚也都作了詩。我不便推辭，只好獻醜，過了好多日子，才補作了一首看海棠的七言絕句。詩道：

往事平泉夢一場，師恩深處最難忘，
三公樓上文人酒，帶醉扶欄看海棠。

當日湘綺師在席間對我說：「瀕生這幾年，足跡半天下，好久沒有給同鄉人作畫了，今天的集會，可以畫一幅超覽樓禊集圖啦！」我說：「老師的吩咐，一定遵辦！」可是我口頭雖答允了，因為不久就回了家，這圖卻沒有畫成。

獨釣圖　　年代不詳

此鄉一望青蒲，煙漠漠兮雲疏疏。先生之宅臨水居，有時眾釣千百魚。不懼不怖魚自如。高人輕利豈在得，赦爾三十六鱗游江湖。游江湖，翻踟躕，卻畏四面飛鵜鶘。

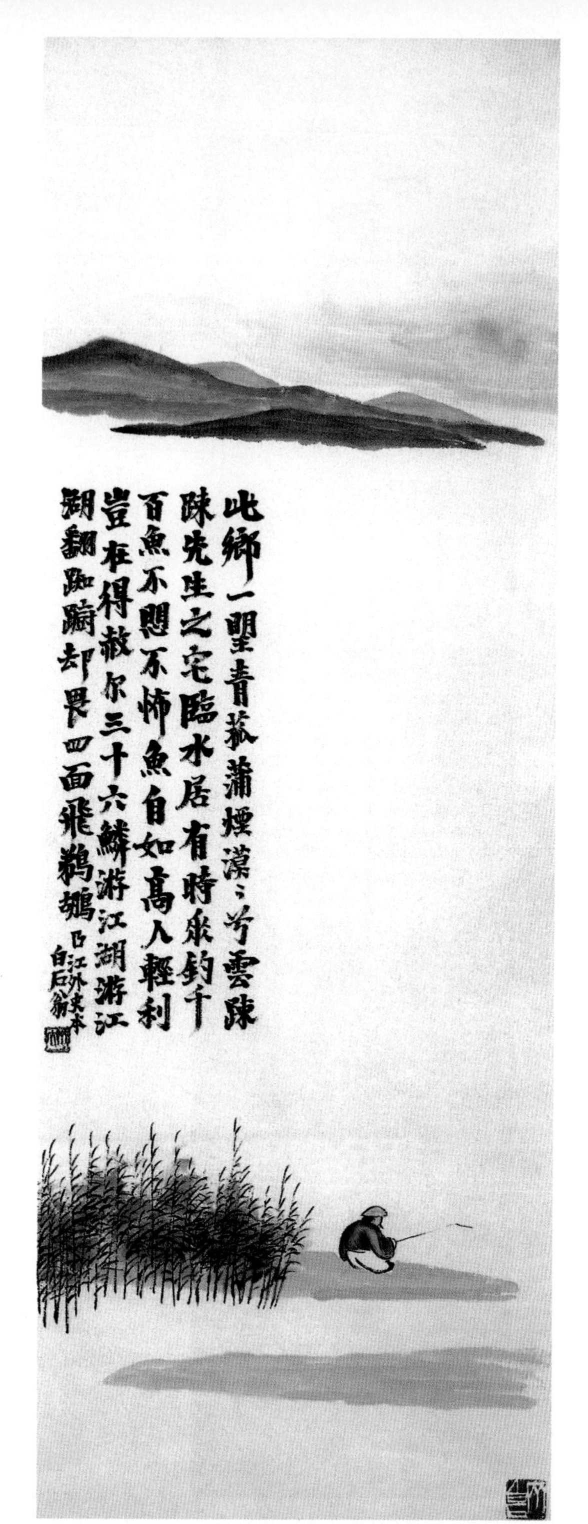

民國元年(壬子・一九一二)，我五十歲。二年(癸丑・一九一三)，我五十一歲。我自五出五歸以後，希望終老家鄉，不再作遠遊之想。住的茹家衝新宅，經我連年佈置，略有可觀。我奔波了半輩子，總算有了一個比較安逸的容身之所了。在我五十一歲那年的九月，我把一點微薄的積蓄，分給三個兒子，讓他們自謀生活。那時，長子良元二十五歲，次子良黼二十歲，三子良琨十二歲。良琨年歲尚小，由春君留在身邊，跟隨我們夫婦度日。長次兩子，雖仍住在一起，但各自分炊，獨立門戶。良元在外邊做工，收入比較多些，糊口並不為難。良黼只靠打獵為生，天天愁窮。十月初一日得了病，初三日曳了一雙破鞋，手裏拿著火籠，還踱到我這邊來，坐在柴灶前面，烤著松柴小火，向他母親訴說窘況。當時我和春君，以為他是在父母面前撒嬌，並不在意。不料才隔五天，到初八日死了，這真是意外的不幸。春君哭之甚慟，我也深悔不該急於分炊，致他憂愁而死。

民國三年(甲寅・一九一四)，我五十二歲。雨水節前四天，我在寄萍堂旁邊，親手種了三十多株梨樹。蘇東坡致程全父的信說：「太大則難活，小則老人不能待。」我讀了這篇文章，心想：我已五十二歲的人了，種這梨樹，也怕等不到吃果子，人已沒了。但我後來，還幸見它結實，每只重達一斤，而且味甜如蜜，總算及吾之生，吃到自種的梨了。

夏四月，我的六弟純楚死了，享年二十七歲。純楚一向在外邊做工，當戊申年他二十一歲時，我曾戲為了他畫一幅小像。前年冬，他因病回家，病了一年多而死。父親母親，老年喪子，非常傷心，我也十分難過，作了兩首詩悼他。

純楚死後沒幾天，正是端陽節，我派人送信到韶塘給胡沁園師，送信人匆匆回報說：他老人家故去已七天了。我聽了，心裏頭頓時像小刀子亂扎似的，說不出有多大痛苦。他老人家不但是我的恩師，也可以說是我生平第一知己，我今日略有成就，飲水思源，都是出於他老人家的栽培。一別千古，我怎能抑制得住滿腔的悲思呢？我參酌舊稿，畫了二十多幅畫，都是他老人家生前賞識過的，我親自動手裱好，裝在親自糊扎的紙箱內，在他靈前焚化。同時又作了七言絕詩十四首，又作了一篇祭文，一副輓聯，聯道：

衣缽信真傳，三絕不愁知己少；
功名應無分，一生長笑折腰卑。

這副聯語雖說挽的是沁園師，實在是我的自況。

民國四年(乙卯・一九一五)，我五十三歲。五年(丙辰・一九一六)，我五十四歲。乙卯冬天，胡廉石把我前幾年給他畫的《石門二十四景圖》送來，叫我題詩。我看黎薇蓀已有詩題在前面，也技癢起來，每景補題了一詩。正在那時，忽得消息，湘綺師故去了，享年八十五歲。這又是一個意外的刺激！我專誠去哭奠了一場。回憶往日師門的恩遇，我至今銘感不忘。

那年，還有一樁掃興的事，談起來也是很可氣的。我作詩，向來是不求藻飾，自主性靈，尤其反對摹仿他人，學這學那，搔首弄姿。但這十年來，喜讀宋人的詩，愛他們輕朗閒淡，和我的性情相近，有時偶用他們的格調，隨便哼上幾句。只因不是去摹仿，就沒有去作全首的詩，所作的不過是斷句殘聯。日子多了，積得有三百多句，不意在秋天，被人偷了去。我有詩道：

料汝他年誇好句，老夫已死是非無。

作詩原是雅事，到了偷襲掠美的地步，也就未免雅得太俗了。

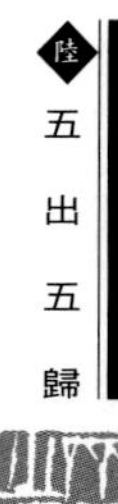

定居北京

定居北京

（一九一七～一九三六）

民國六年(丁巳・一九一七)，我五十五歲。我自五出五歸之後，始終沒有離開湖南省境，我本不打算再作遠遊。不料連年兵亂，常有軍隊過境，南北交哄，互相混戰，附近土匪，乘機蜂起。官逼稅捐，匪逼錢穀，稍有違拒，巨禍立至。沒有一天，不是提心弔膽地苟全性命。那年春夏間，又發生了兵事，家鄉謠言四起，有碗飯吃的人，紛紛別謀避地之所。我正在進退兩難、一籌莫展的時候，接到樊樊山來信，勸我到京居住，賣畫足可自給。我迫不得已，辭別了父母妻子，攜著簡單行李，獨自動身北上。

陰曆五月十二日到京。這是我第二次來到北京，住前門外西河沿排子胡同阜豐米局後院郭葆生家。住了不到十天，恰逢復辟之變，一夕數驚。葆生於五月二十日，帶著眷屬，到天津租界去避難，我也隨著去了。到六月底，又隨同葆生一家，返回北京，住在郭葆生家。後來又搬到西磚胡同法源寺廟內，和楊潛庵同住。

我在琉璃廠南紙鋪，掛了賣畫刻印的潤格，陳師曾見著我刻的印章，特到法源寺來訪我，晤談之下，即成莫逆。師曾能畫大寫意花卉，筆致矯健，氣魄雄偉，在京裏很負盛名。我在行篋

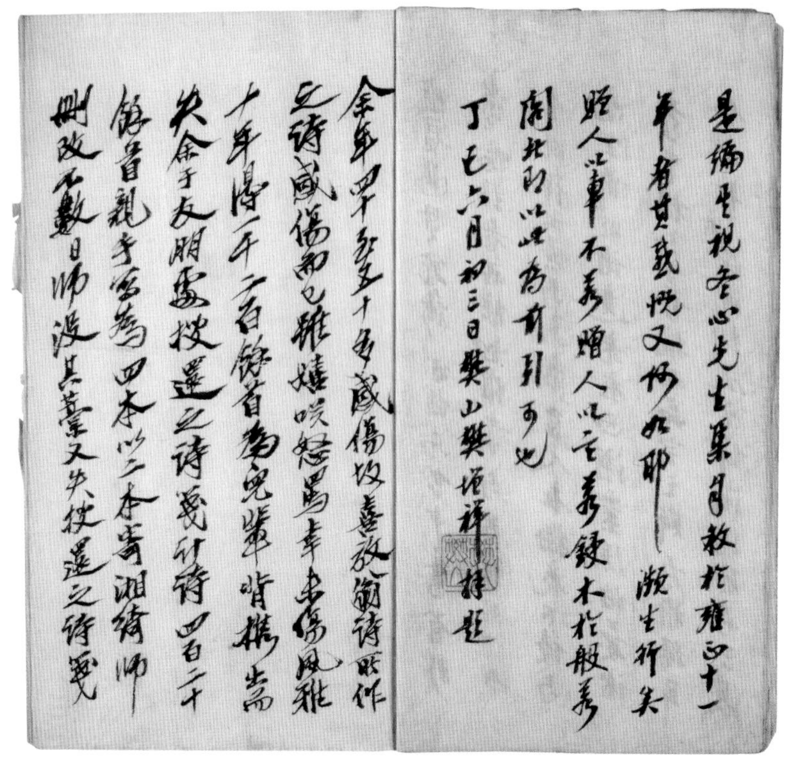

《借山吟館詩草》之一　　一九一七年前・五十五歲前

中，取出《借山圖卷》，請他鑑定。他說我的畫格是高的，但還有不到精湛的地方。題了一首詩給我，說：

> 曩於刻印知齊君，今復見畫如篆文。
> 束紙叢蠶寫行腳，腳底山川生亂雲。
> 齊君印工而畫拙，皆有妙處難區分。
> 但恐世人不識畫，能似不能非所聞。
> 正如論書喜姿媚，無怪退之譏右軍。
> 畫吾自畫自合古，何必低首求同群？

他是勸我自創風格，不必求媚世俗，這話正合我意。我常到他家去，他的書室，取名「槐堂」，我在他那裏，和他談畫論世，我們所見相同，交誼就越來越深。

樊樊山是看得起我的詩的，我把詩稿請他評閱，他作了一篇序文給我，並勸我把詩稿付印。隔了十年，我才印出了《借山吟館

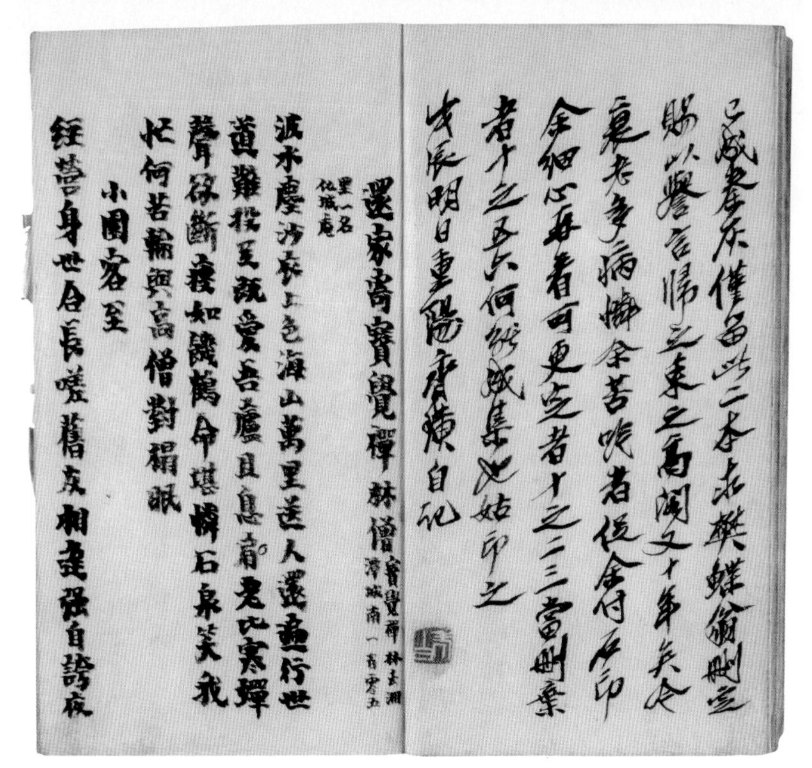

《借山吟館詩草》之二　　一九一七年前・五十五歲前

詩草》，樊山這篇序文，就印在卷首。

我這次到京，除了易實甫、陳師曾二人以外，又認識了江蘇泰州凌植支(文淵)、廣東順德羅癭公(惇曧)、敷庵(惇㬊)兄弟，江蘇丹徒汪藹士(吉麟)、江西豐城王夢白(雲)、四川三台蕭龍友(方駿)、浙江紹興陳半丁(年)、貴州息烽姚茫父(華)等人。凌、汪、王、陳、姚都是畫家，羅氏兄弟是詩人兼書法家，蕭為名醫，也是詩人。尊公(編者按：指本文筆錄者張次溪的父親，下同)滄海先生，跟我同是受業於湘綺師的，神交已久，在易實甫家晤見，真是如逢故人，歡若平生(次溪按：先君篁溪公，諱伯楨，嘗刊《滄海叢書》，別署滄海)。還認識了兩位和尚，一是法源寺的道階，一是阜成門外衍法寺的瑞光，後來拜我為師。舊友在京的，有郭葆生、夏午詒、樊樊山、楊潛庵、張仲颺等。新知舊雨，常在一起聚談，客中並不寂寞。

不過新交之中，有一個自命科榜的名士，能詩能畫，以為我是木匠出身，好像生來就比他低下一等，常在朋友家遇到，表面

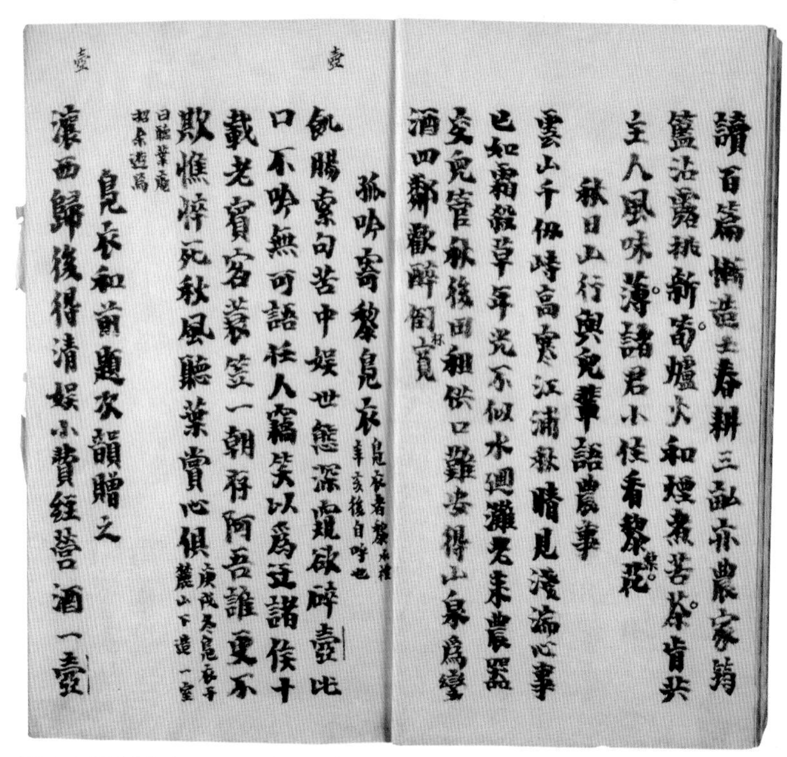

《借山吟館詩草》之三　　一九一七年前・五十五歲前

雖也虛與我周旋，眉目之間，終不免流露出倨傲的樣子。他不僅看不起我的出身，尤其看不起我的作品，背地裏罵我粗野，詩也不通，簡直是一無可取，一錢不值。他還常說：「畫要有書卷氣，肚子裏沒有一點書底子，畫出來的東西，俗氣熏人，怎麼能登大雅之堂呢！講到詩的一道，又豈是易事，有人說，自鳴天籟，這天籟兩字，是不讀書人裝門面的話，試問自古至今，究竟誰是天籟的詩家呢？」我明知他的話，是針對著我說的。文人相輕，是古今通例，這位自稱有書卷氣的人，畫得本極平常，只靠他的科名，賣弄身分。我認識的科甲中人，也很不少，像他這樣的人，並不覺得物稀為貴。況且畫好不好，詩通不通，誰比誰高明，百年後世，自有公評，何必爭此一日短長，顯得氣度不廣。當時我作的<題棕樹>詩，有兩句說：

任君無厭千回剝，轉覺臨風遍體輕。

我對於此公，總是逆來順受，絲毫不與他計較，毀譽聽之而已。到了九月底，聽說家鄉亂事稍定，我遂出京南下。十月初十日到家，家裏人避兵在外，尚未回來，茹家衝宅內，已被搶劫一空。

民國七年(戊午・一九一八)，我五十六歲。家鄉兵亂，比上年更加嚴重得多，土匪明目張膽，橫行無忌，搶劫綁架，嚇詐錢財，幾乎天天耳有所聞，稍有餘資的人，沒有一個不是栗栗危懼。我本不是富裕人家，只因這幾年來，生活比較好些，一家人糊得上嘴，吃得飽肚子，附近的壞人歹徒，看著不免眼紅，遂有人散布謠言，說是：「芝木匠發了財啦！去綁他的畫！」一般心存妒嫉、幸災樂禍的人，也跟著起哄，說：「芝木匠這幾年，確有被綁票的資格啦！」我聽了這些威嚇的話，家裏怎敢再住下去呢？趁著鄰居不注意的時候，悄悄帶著家人，匿居在紫荊山下的親戚家裏。那邊地勢偏僻，只有幾間矮小的茅屋，倒是個避亂的好地方。我住下以後，隱姓埋名，時刻提防，惟恐給人知道了，發生麻煩。那時的苦況，真是一言難盡。到此地步，才知道家鄉雖好，不是安居之所。打算從明年起，往北京定居，到老死也不再回家鄉來住了。

民國八年(己未・一九一九)，我五十七歲。三月初，我第三次來到北京。那時，我乘軍隊打著清鄉旗號，土匪暫時斂跡的機會，離開了家鄉。離家之時，我父親年已八十一歲，母親七十五歲。兩位老人知道我這一次出門，不同以前的幾次遠遊，要定居北京，以後回來，在家鄉反倒變為作客了，因此再三叮嚀，希望時局安定些，常常回家看看。春君捨不得扔掉家鄉一點薄產，情願帶著兒女株守家園，說：她是個女人，留在鄉間，見機行事，諒無妨害，等我在京謀生，站穩腳跟，她就往來京湘，也能時時見面。並說我隻身在外，一定感覺不很方便，勸我置一副室，免得客中無人照料。春君處處為我設想，體貼入微，我真有說不出的感激。當時正值春雨連綿，借山館前的梨花，開得正盛，我的一腔別離之情，好像雨中梨花，也在替人落淚。我留戀著家鄉，而又不得不避禍遠離，心裏頭真是難受得很哪！

到了北京，仍住法源寺廟內，賣畫刻印，生涯並不太好，那時物價低廉，勉強還可以維持生存。每到夜晚，想起父母妻子、

親戚朋友，遠隔千里，不能聚首一處，輾側枕上，往往通宵睡不著覺，憂憤之餘，只有作些小詩，解解心頭的悶氣。

到了中秋節邊，春君來信說：她為了我在京成家之事，即將來京佈置，囑我預備住宅。我託人在龍泉寺隔壁，租到幾間房，搬了進去。不久，春君來京，給我聘到副室胡寶珠，她是光緒二十八年壬寅八月十五中秋節生的，小名叫做桂子，時年十八歲，原籍四川酆都縣轉斗橋胡家衝。冬間，聽說湖南又有戰事，春君急欲回去，我遂陪她同行。起程之時，我作了一首詩，中有句云：

愁似草生刪又長，盜如山密鏟難平。

那時，我們家鄉，兵匪不分，群盜如毛，我的詩，雖是志感，也是紀實。

民國九年(庚申・一九二〇)，我五十八歲。春二月，我帶著三子良琨、長孫秉靈，來京就學。到北京後，因龍泉寺僻處城南，交通很不方便，又搬到宣武門內石鐙庵去住。我從法源寺搬到龍泉寺，又從龍泉寺搬到石鐙庵，連搬三處，都是住的廟產，可謂與佛有緣了。

搬去不久，直皖戰事突起，北京城內，人心惶惶，郭葆生在帥府園六號租到幾間房子，邀我同去避難。我帶著良琨、秉靈，一同去住。帥府園離東交民巷不遠，東交民巷有各國公使館，附近一帶，號稱保衛界。戰事沒有幾天就停了，我搬回西城。只因石鐙庵的老和尚，養著許多雞犬，雞犬之聲，不絕於耳，我早想另遷他處。恰好寶珠託人找到了新址，就搬到象坊橋觀音寺內。不料觀音寺的佛事很忙，佛號鐘聲，比石鐙庵更加嘈雜得多。住了不到一個月，又遷到西四牌樓以南三道柵欄六號，才算住得安定些。

我那時的畫，學的是八大山人冷逸的一路，不為北京人所喜愛，除了陳師曾以外，懂得我畫的人，簡直是絕無僅有。我的潤格，一個扇面，定價銀幣兩元，比同時一般畫家的價碼，便宜一半，尚且很少來問津，生涯落寞得很。師曾勸我自出新意，變通

齊白石作畫，夫人寶珠研墨。

辦法，我聽了他話，自創紅花墨葉的一派。我畫梅花，本是取法宋朝楊補之(無咎)。同鄉尹和伯(金陽)，在湖南畫梅是最有名的，他就是學的楊補之，我也參酌他的筆意。師曾說：工筆畫梅，費力不好看，我又聽了他的話，改換畫法。同鄉易蔚儒(宗夔)，是眾議院的議員，請我畫了一把團扇，給林琴南看見了，大為讚賞，說：「南吳北齊，可以媲美。」他把吳昌碩跟我相比，我們的筆路，倒是有些相同的。經易蔚儒介紹，我和林琴南交成了

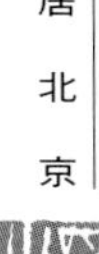

齊白石與梅蘭芳　約一九四五年

朋友。同時我又認識了徐悲鴻、賀履之、朱悟園等人。我的同鄉老友黎松安，因他兒子劭西在教育部任職，也來到北京，和我時常見面。

我跟梅蘭芳認識，就在那一年的下半年。記得是在九月初的一天，齊如山來約我同去的。蘭芳性情溫和，禮貌周到，可以說是恂恂儒雅。那時他住在前門外北蘆草園，他書齋名「綴玉軒」，佈置得很講究。他家裏種了不少的花木，光是牽牛花就有百來種樣式，有的開著碗般大的花朵，真是見所未見，從此我也畫上了此花。當天蘭芳叫我畫草蟲給他看，親自給我磨墨理紙，畫完了，他唱了一段《貴妃醉酒》，非常動聽。同時在座的，還有兩人：一是教他畫梅花的汪靄士，跟我也是熟人；一是福建人李釋堪(宣倜)，是教他作詩詞的，釋堪從此也成了我的朋友。

有一次，我到一個大官家去應酬，滿座都是闊人，他們看我衣服穿得平常，又無熟友周旋，誰都不來理睬。我窘了半天，自悔不該貿然而來，討此沒趣。想不到蘭芳來了，對我很恭敬地寒暄了一陣，座客大為驚訝，才有人來和我敷衍，我的面子，總算圓了回來。事後，我很經意地畫了一幅《雪中送炭圖》，送給蘭芳，題了一詩，有句說：

萍翁重遊北京及歸後詩文草
(二頁)一九一九年・五十七歲

老年流涕哭樊山

摹金冬心之一
一九一七年・五十五歲

白雲忽自眉際出，黃葉亂飛衣上來。空亭久立非無意，攔路溪風不放回。

摹金冬心之二
一九一七年・五十五歲

野梅瘦得影如無，多謝山僧分一株。此刻閉門忙不了，酸香咽罷數花須。

摹金冬心之三　一九一七年・五十五歲

風來四面臥當中。

摹金冬心之四　一九一七年・五十五歲

團扇生衣捐已無，掩書不讀閉精廬。故人笑比中庭樹，一日秋風一日疏。

山水　一九一九年・五十七歲

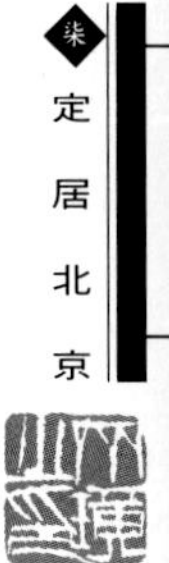

荷花蜻蜓　　年代不詳

老萍造稿
（圖稿）
一九二〇年・
五十八歲

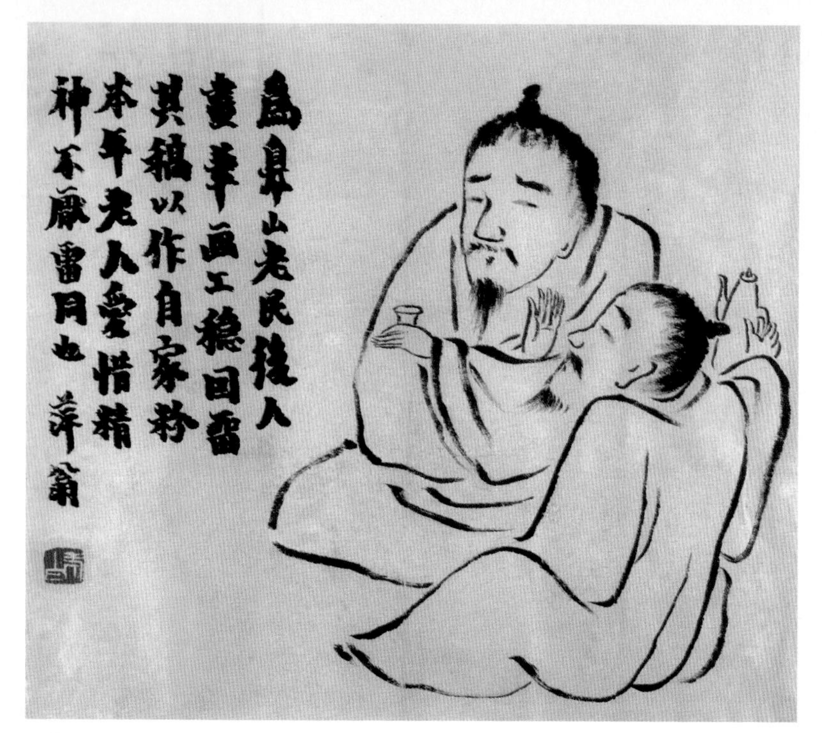

卻飲圖　　約一九二一年・約五十歲

為臯山老民後人畫，筆畫工穩，因留其稿以作自家粉本。年老人愛惜精神，不厭雷同也。

而今淪落長安市，幸有梅郎識姓名。

勢利場中的炎涼世態，是既可笑又可恨的。

民國十年（辛酉・一九二一），我五十九歲。夏午詒在保定，來信邀我去過端陽節，同遊蓮花池，是清末蓮池書院舊址，內有朱藤，十分茂盛。我對花寫照，畫了一張長幅，住了三天回京。秋返湘潭，重陽到家，父母雙親都康健，心頗安慰。九月十五日得良琨從北京發來電報，說秉靈病重，我同春君立刻動身北行。回到北京，秉靈的病好了。

臘月二十日，寶珠生了個男孩，取名良遲，號子長。這是寶珠的頭一胎，我的第四個兒子。那年寶珠才二十歲，春君因她年歲尚輕，生了孩子，怕她不善撫育，就接了過來，親自照料。夜

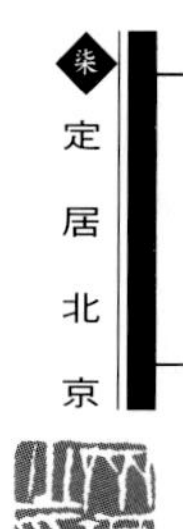

工蟲圖冊（八開之七）　年代不詳

間專心護理，不辭辛勞，孩子餓了，抱到寶珠身邊餵乳，餵飽了又領去同睡。冬令夜長，一宵之間，冒著寒威，起身好多次。這樣的費盡心力，愛如己出，真是世間少有，不但寶珠知恩，我也感激不盡。

民國十一年(壬戌・一九二二)，我六十歲。春，陳師曾來談：日本有兩位著名畫家，荒木十畝和渡邊晨畝，來信邀他帶著作品，參加東京府廳工藝館的中日聯合繪畫展覽會，他叫我預備幾幅畫，交他帶到日本去展覽出售。我在北京，賣畫生涯，本不甚好，有此機會，當然樂於遵從，就畫了幾幅山水，交他帶去。

草蟲圖冊
（十開之五）
一九二四年·
六十二歲

蚱蜢葫蘆
年代不詳

豆莢昆蟲與雁來紅
三十年代

牽牛草蟲
約三十年代中期

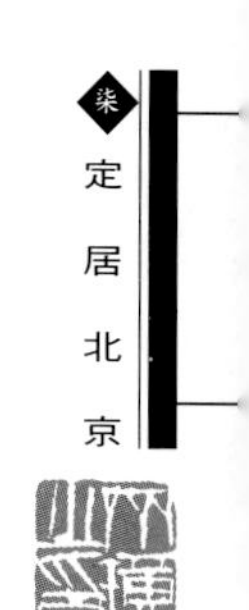

藤蘿蜜蜂

蓮池書院圖　　一九三三年・七十一歲

吾曾遊保陽，至蓮花池觀蓮花。池上有院宇，聞為摯甫老先生曾掌教大開北方文氣之書院也。去年秋北江先生贈吾以文，吾故畫此圖報之，以補摯甫老先生當時未有也。

山水（冊頁之二）
一九二一年·
五十九歲

師曾行後，我送春君回到家鄉，住了幾天，我到長沙，已是四月初夏之時了。初八那天，在同族遜園家裏，見到我的次女阿梅，可憐四年不見，她憔悴得不成樣子。她自嫁到賓氏，同夫婿不很和睦，逃避打罵，時常住在娘家，有時住在娘家的同族或親戚處。聽說她的夫婿，竟發了瘋，拿著刀想殺害她，幸而跑得快，躲在鄰居家，才保住性命。她屢次望我回到家鄉來住，我始終沒有答允她。此番相見，說不出有許多愁悶，我作了兩首詩，有句說：「赤繩勿太堅，休誤此華年！」我是婉勸她另謀出路，除此別無他法。

江上青山

一九二二年・六十歲

年來何處不消訊，江上青山夕照痕。野老人家無長物，千株楊柳不開門。

碧波千里　　一九二二年・六十歲

那時張仲颺已先在省城，尚有舊友胡石庵、黎戩齋等人，揚皙子的胞弟重子，名鈞，能寫隸書，也在一起。我給他們作畫刻印，盤桓了十來天，就回到北京。

陳師曾從日本回來，帶去的畫，統都賣了出去，而且賣價特別豐厚。我的畫，每幅就賣了一百元銀幣，山水畫更貴，二尺長的紙，賣到二百五十元銀幣。這樣的善價，在國內是想也不敢想的。還說法國人在東京，選了師曾和我兩人的畫，加入巴黎藝術

五松圖　　約一九二二年・約六十歲

展覽會。日本人又想把我們兩人的作品和生活狀況，拍攝電影，在東京藝術院放映。這都是意想不到的事。經過日本展覽以後，外國人來北京買我畫的很多。琉璃廠的骨董鬼，就紛紛求我的畫，預備去做投機生意。一般附庸風雅的人，也都來請我畫了。從此以後，我賣畫生涯，一天比一天興盛起來。這都是師曾提拔我的一番厚意，我是永遠忘不了他的。

長孫秉靈，肄業北京法政專門學校，成績常列優等，去年病後，本年五月又得了病，於十一月初一日死了，年十七歲。回想在家鄉時，他才十歲左右，我在借山館前後，移花接木，他拿著刀鑿，跟在我身後，很高興地幫著我，當初種的梨樹，他尤出力不少。我悼他的詩，有云：

梨花若是多情種，應憶相隨種樹人。

秉靈的死，使我傷感得很。

民國十二年(癸亥・一九二三年)，我六十一歲。從本年起，我開始作日記，取名《三百石印齋紀事》。只因性懶善忘，隨著好幾天，才記上一回。中秋節後，我從三道柵欄遷至太平橋高岔拉一號，把早先湘綺師給我寫的「寄萍堂」橫額，掛在屋內。附近有條胡同，名叫鬼門關，聽說明朝時候，那裏是刑人地方。我作的寄萍堂詩，有兩句：

馬面牛頭都見慣，寄萍堂外鬼門關。

當我在三道柵欄遷出之先，陳師曾來，說他要到大連去。不久得到消息：師曾在大連接家信，奔繼母喪，到南京去，得痢疾死了。我失掉一個知己，心裏頭感覺得異常空虛，眼淚也就止不住地流了下來。他對於我的畫，指正的地方很不少，我都聽從他的話，逐步地改變了。他也很虛心地採納了我的淺見，我有「君無我不進，我無君則退」的兩句詩，可以概見我們兩人的交誼。可惜他只活了四十八歲，這是多麼痛心的事啊！

那年十一月十一日，寶珠又生了一個男孩，取名良巳，號子

瀧，小名遲遲。

民國十三年(甲子・一九二四)，我六十二歲。十四年(乙丑・一九二五)，我六十三歲。良琨這幾年跟我學畫，在南紙鋪裏也掛上了筆單，賣畫收入的潤資，倒也不少，足可自立謀生。兒媳張紫環能畫梅花，倒也很有點筆力。

乙丑年的正月，同鄉賓愷南先生從湘潭到北京，我在家裏請他吃飯，邀了幾位同鄉作陪。愷南名玉瓚，是癸卯科的解元，近年來喜歡研究佛學。席間，有位同鄉對我說：「你的畫名，已是傳遍國外，日本是你發祥之地，離我們中國又近，你何不去遊歷一趟，順便賣畫刻印，保管名利雙收，飽載而歸。」我說：「我定居北京，快過九個年頭啦！近年在國內賣畫所得，足夠我過活，不比初到京時的門可羅雀了。我現在餓了，有米可吃，冷了，有煤可燒，人生貴知足，糊上嘴，就得了，何必要那麼多錢，反而自受其累呢！」愷南聽了，笑著對我說：「瀕生這幾句話，大可以學佛了！」他就跟我談了許多禪理。

二月底，我生了一場大病，七天七夜，人事不知，等到甦醒回來，滿身無力，痛苦萬分。足足病了一個來月，才能起坐。當我病亟時，自己忽然癡想：「六十三歲的火炕，從此說算過去了嗎？」幸而沒有死，又活到了現在。

那年，梅蘭芳正式跟我學畫草蟲，學了不久，他已畫得非常生動。

民國十五年(丙寅・一九二六)，我六十四歲，春初，回南探視雙親，到了長沙，聽說家鄉一帶，正有戰事，道路阻不得通。只得折回，從漢口坐江輪到南京，乘津浦車經天津回到北京，已是二月底了。隔不了十幾天，忽接我長子良元來信，說我母親病重，恐不易治，要我匯款濟急。我打算立刻南行，到家去看看，聽到湘鄂一帶，戰火瀰漫，比了上月，形勢更緊，我不能插翅飛去，心裏焦急如焚，不得已於十六日匯了一百元給良元。我定居北京以來，天天作畫刻印，從不間斷，這次因匯款之後，一直沒有再接良元來信，心亂如麻，不耐伏案，任何事都停頓下來了。到四月十九日，才接良元信，說我母親於三月初得病，延至二十三日巳時故去，享年八十二歲。彌留時還再三地問：「純芝回來了沒有？我不能再等他了！我沒有看見純芝，死了還懸懸於心的啊！」我看了此信，眼睛都要哭瞎了。既是無法奔喪，只可以立即設了靈位，在京成服。這樣痛心的事，豈是幾句話說得盡的。總而言之，我飄流在外，不能回去親視含殮，簡直不成為人子，不孝至極了。

我母親一生，憂患之日多，歡樂之日少。年輕時，家境困苦，天天為著柴米油鹽發愁，裏裏外外，熬盡辛勞。年將老，我才得成立，虛名傳播，生活略見寬裕，母親心裏高興了些，體氣漸漸轉強。後因我祖母逝世，接著我六弟純俊、我長妹和我長孫，先後夭亡，母親連年哭泣，哭得兩眼眶裏，都流出了血，從此身體又見衰弱了。七十歲後，家鄉兵匪作亂，幾乎沒有一天過的安靖日子。我飄流在北京，不能在旁侍奉，又不能迎養到京，心懸兩地，望眼欲穿。今年春初，我到了長沙，離家只有百里，又因道阻，不能到家一見父母，痛心之極。我做了一篇＜齊璜母親周太君身世＞一文，也沒有說得詳盡。

七夕那天，又接良元來信，說我父親病得非常危險，急欲回家去看看。只因湘鄂兩省正是國民革命軍和北洋軍閥激戰的地方，無論如何是通不過去的。要想繞道廣東，再進湖南。探聽得廣東方面，大舉北伐，沿途兵車擁擠，亦難通行。心裏頭同油煎似的，乾巴巴的著急。八月初三夜間，良元又寄來快信，我猜想消息不一定是好的，眼淚就止不住的直淌下來。急忙拆信細看，我的父親已於七月初五日申時逝世。當時腦袋一陣發暈，耳朵嗡嗡的直響，幾乎暈了過去。也就在京佈置靈堂，成服守制。在這一年之內，連遭父母兩次大故，真覺得活著也無甚興趣。我親到樊樊山那裏，求他給我父母，各寫墓碑一紙，又各作像贊一篇，按照他的賣文潤格，送了他一百二十多元的筆資。我這為子的，對於父母，只盡了這麼一點心力，還能算得是個人嗎？想起來，心頭非但慘痛，而且也慚愧得很哪！那年冬天，我在跨車胡同十五號，買了一所住房。

民國十六年(丁卯・一九二七)，我六十五歲。北京有所專教作畫和雕塑的學堂，是國立的，名稱是藝術專門學校，校長林風眠，請我去教中國畫。我自問是個鄉巴佬出身，到洋學堂去當教

習，一定不容易搞好的。起初，不敢答允，林校長和許多朋友，再三勸駕，無可奈何，只好答允去了，心裏總多少有些彆扭。想不到校長和同事們，都很看得起我，有一個法國籍的教師，名叫克利多，還對我說過：他到了東方以後，接觸過的畫家，不計其數，無論中國、日本、印度、南洋，畫得使他滿意的，我是頭一個。他把我恭維得了不得，我真是受寵若驚了。學生們也都佩服我，逢到我上課，都是很專心地聽我講，看我畫，我也就很高興的教下去了。

民國十七年(戊辰・一九二八)，我六十六歲。北京官僚，暮氣沉沉，比著前清末年，更是變本加厲。每天午後才能起床，匆匆到署坐一會兒，謂之上衙門，沒有多大工夫，就紛紛散了。晚間，酒食徵逐之外，繼以嫖賭，不到天明不歸，最早亦須過了午夜，方能興盡。我看他們白天不辦正事，淨睡懶覺，畫了兩幅雞，題有詩句：

天下雞聲君聽否？長鳴過午快黃昏。
佳禽最好三緘口，啼醒諸君日又西。

像這樣的腐敗習氣，豈能有持久不敗的道理，所以那年初夏，北洋軍閥，整個兒垮了台，這般懶蟲似的舊官僚，也就跟著樹倒猴兒散了。

廣東搞出來的北伐軍事，大獲勝利，統一了中國，國民革命軍到了北京，因為國都定在南京，把北京稱作北平。藝術專門學校改稱藝術學院，我的名義，也改稱為教授。木匠當上了大學教授，跟十九年以前，鐵匠張仲颺當上了湖南高等學堂的教務長，總算都是我們手藝人出身的一種佳話了。

九月初一日，寶珠生了個女孩，取名良歡，乳名小乖。我長子良元，從家鄉來到北京，探問我起居，並報告了許多家鄉消息。我五弟純雋，在這次匪亂中死去，年五十歲，聽了很覺淒然。我的《借山吟館詩草》，是那年秋天印行的。

民國十八年(己巳・一九二九)，我六十七歲。十九年(庚午・一九三〇)，我六十八歲。二十年(辛未・一九三一)，我六十九

公雞圖　　約一九二二年後・約六十歲後

白石老人六十歲後作畫，存自稿直到庚寅，九十矣始記之。

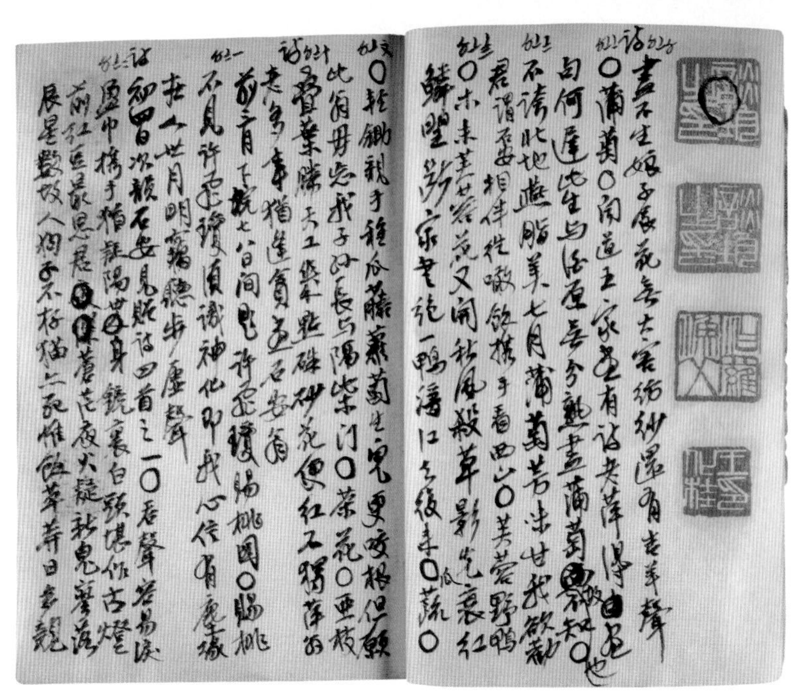

《白石雜作・壬戌記事》之四　　一九二二年・六十歲

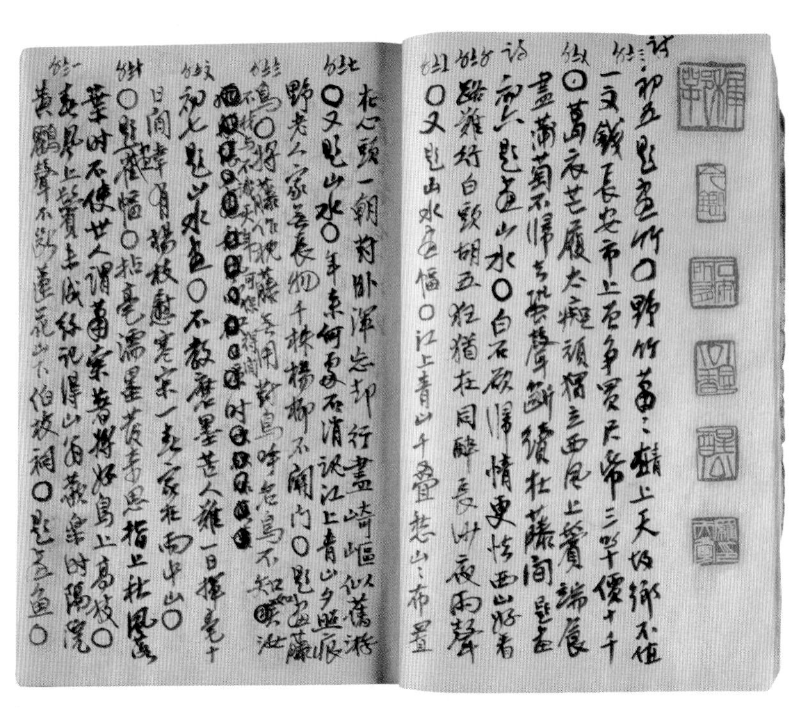

《白石雜作・壬戌記事》之五　　一九二二年・六十歲

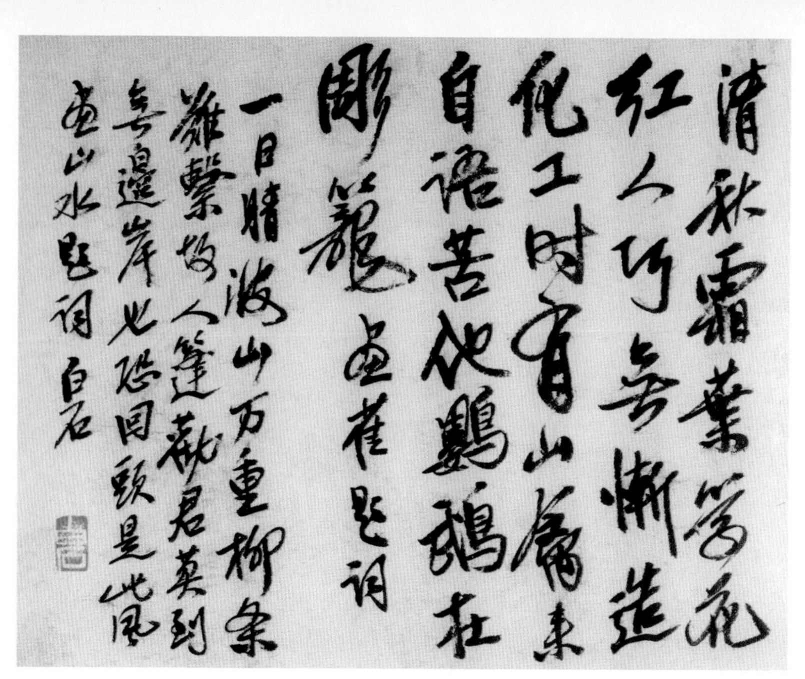

行書詩冊頁（八開之一）　一九二四年・六十二歲

佛像圖
約一九二五年・約六十三歲

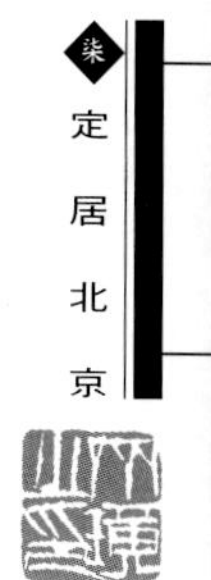

行書立幅　　年代不詳

枯荷圖　　約一九二二年・約六十歲

年少何曾欲遠行，開門無物不關情。身閒心靜全無事，七月枯荷秋氣清。

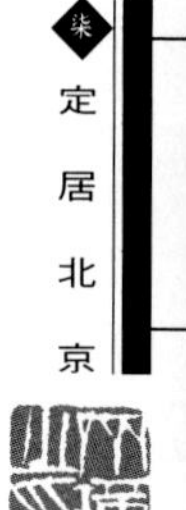

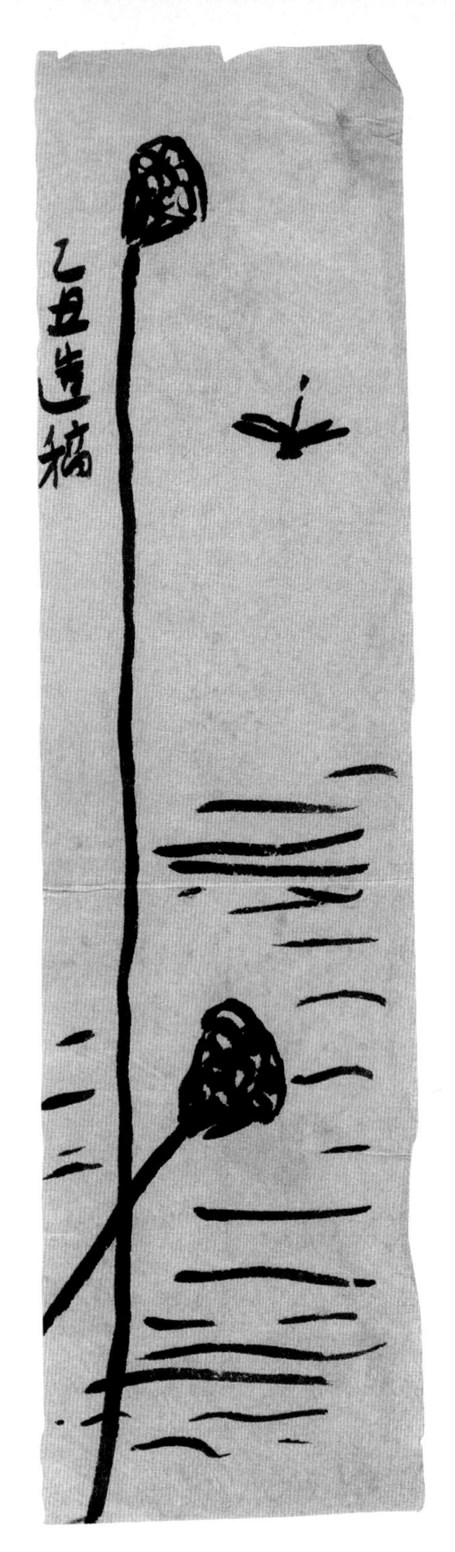

乙丑造稿（圖稿）
一九二五年・六十三歲

荷　　年代不詳

荷花蜻蜓圖（局部）

荷花蜻蜓圖

荷

祝融峰（借山圖之六）
一九二七年・六十五歲

鐵拐李圖　　一九二七年・六十五歲

丁卯正月廿又四日，為街鄰作畫造稿，其稿甚工雅，隨手取包書之紙勾存之。他日得者作為中幅亦可。

乞丐圖　　約一九二七年・約六十五歲

臥不席地，食不飲煙，添個葫蘆，便是神仙。

搔背翁（圖稿）　　一九二八年・六十六歲

曾臨八大山人人物畫，冊中有搔背翁。此略仿其意。

搔背圖　　約一九二七年後・約六十五歲後

略用八大小冊本。

青蛙（圖稿） 年代不詳

柳塘游鴨　　一九二九年・六十七歲

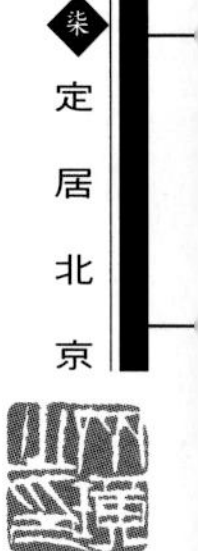

群蛙蝌蚪　　約三十年代初期

蛙多在南方，青草池塘，處處有聲，如鼓吹也。

雛雞幼鴨　　約三十年代初期

濟圖先生嗜書畫，即藏余畫，此幅已過十幅矣。人生一技故不易，知者尤難得也。余感而記之。

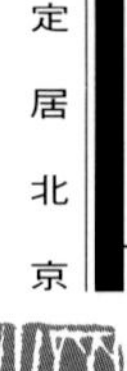

群蝦圖
一九三七年・七十五歲

枯藤群雀圖

約三十年代初期

葉落見藤亂，天寒入鳥音，老夫詩欲鳴，風急吹衣襟。枯藤寒雀從未有，既作新畫又題新詩。借山老人非懶輩也，觀畫者老何郎也。

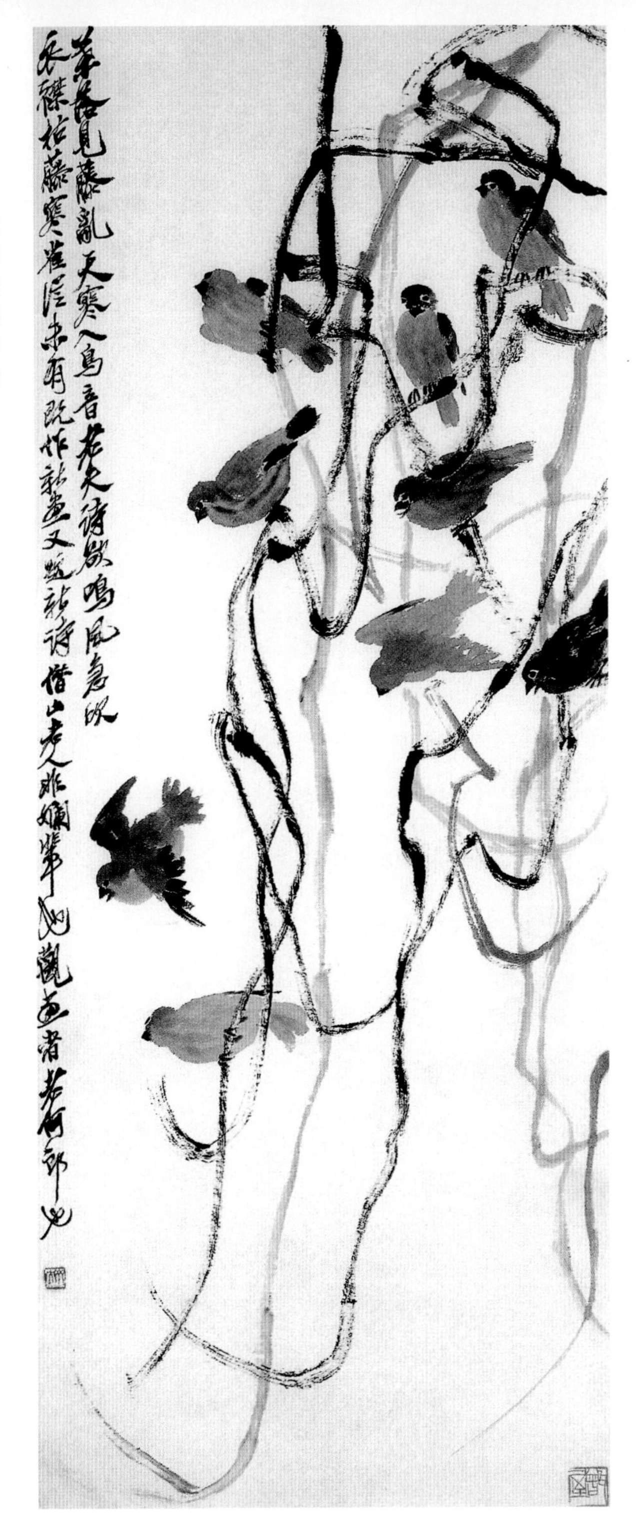

九歲。在我六十八歲時，二弟純松在家鄉死了，他比我小四歲，享年六十四歲。老年弟兄，又去了一個。同胞弟兄六個，現存三弟純藻、四弟純培兩人，連我僅剩半數了，傷哉！辛未正月二十六日，樊樊山逝世於北平，我又少了一位談詩的知己，悲悼之懷，也是難以形容。三月十一日，寶珠又生了個女孩，取名良止，乳名小小乖。她的姊姊良歡，原來乳名小乖，添了良止，就叫大小乖了。

那年九月十八日，是陰曆八月初七日，日本軍閥，偷襲瀋陽，大規模地發動侵略，我氣憤萬分。心想：東北軍的領袖張學良，現駐北平，一定會率領他的部隊，打回關外，收復失土的。誰知他並不抵抗，報紙登載的東北消息，一天壞似一天，亡國之禍，迫在眉睫。人家都說，華北處在國防最前線，平津一帶，岌岌可危，很多人勸我避地南行。但是大好河山，萬方一概，究竟哪裏是樂土呢？我這個七十老翁，草間偷活，還有什麼辦法可想！只好得過且過，苟延殘喘了。重陽那天，黎松安來，邀我去登高。我們在此時候，本沒有這種閒情逸興，卻因古人登高，原是為了避災，我們盼望國難早日解除，倒也可以牽綴上登高的意義。那時宣武門拆除甕城，我們登上了宣武門城樓，東望炊煙四起，好像遍地是烽火，兩人都有說不出的感慨。遊覽了一會，算是應了重陽登高的節景。我做了兩首詩，有句說：

莫愁天倒無撐著，猶峙西山在眼前。

因為有許多人，妄想倚賴國聯調查團的力量，抑制日本軍閥的侵略，我知道這是與虎謀皮，怎能靠得住呢，所以作了這兩首詩，去諷刺他們的。

那年，我長子良元，得了孫子，是他次子次生所生的孩子，取名耕夫，那是我的曾孫，我的家庭，已是四代同堂的了。我自擔任藝術學院教授，除了藝院學生之外，以個人名義拜我為師的也很不少。門外瑞光和尚，他畫的山水，學大滌子很得神髓，在我的弟子中，確是一個傑出的人才，人都說他是我的高足，我也認他是我最得意的門人。同時，尚有兩人拜我為師：一是趙羨漁，名銘箴，山西太谷人，是個詩家，書底子深得很；一是方問溪，名俊章，安徽合肥人，他的祖父方星樵，名秉忠，和我是朋友，是個很著名的昆曲家。問溪家學淵源，也是個戲曲家兼音樂家，年紀不過二十來歲。他的姑丈是京劇名伶楊隆壽之子長喜，梅蘭芳的母親，是楊長喜的胞妹，問溪和蘭芳是同輩的姻親，可算得是梨園世家。

你（編者按：此段以後多為白石老人親筆所記，「你」係指筆錄者而言）家的張園，在左安門內新西里三號，原是明朝袁督師崇煥的故居，有聽雨樓古跡。尊公篁溪學長在世時，屢次約我去玩，我很喜歡那個地方，雖在城市，大有山林的意趣。西望天壇的森森古柏，一片蒼翠欲滴，好像近在咫尺。天氣晴和的時候，還能看到翠微山峰，高聳雲際。遠山近林，簡直是天開畫屏，百觀不厭。有時雨過天晴，落照殘虹，映得天半朱霞，絢爛成綺。附近小溪環繞，點綴著幾個池塘，綠水漣漪，游魚可數。溪上阡陌縱横，稻粱蔬果之外，豆棚瓜架，觸目皆是。叱犢呼耕，戽水耕田，儼然江南水鄉風景，北地實所少見，何況在這萬人如海的大城市裏呢？我到了夏天，常去避暑。記得辛未那年，你同尊公特把後跨西屋三間，讓給我住，又劃了幾丈空地，讓我蒔花種菜，我寫了一張「借山居」橫額，掛在屋內。我在那裏繪畫消夏，得氣之清，大可以洗滌身心，神思自然就健旺了。

那時令弟仲葛、仲麥，還不到二十歲，暑期放假，常常陪伴著我，活潑可喜。我看他們撲蝴蝶，捉蜻蜓，撲捉到了，都給我做了繪畫的標本。清晨和傍晚，又同他們觀察草叢裏蟲豸跳躍，池塘裏魚蝦游動，種種姿態，也都成我筆下的資料。我當時畫了十多幅草蟲魚蝦，都是在那裏實地取材的，還畫過一幅《多蝦圖》，掛在借山居的牆壁上面，這是我生平畫蝦最得意的一幅。

（次溪按：袁督師故宅，清末廢為民居，牆垣欹側，屋宇毀敗，蕭條之景，不堪寓目。民國初元，先君出資購置，修治整理，置種許多花木，附近的人，稱之為張園。先君逝世後，時局多故，庭園又漸見荒蕪。我為保存古跡起見，徵得舍弟同意，把這房地捐獻給龍潭公園管理。）

袁督師故居內，有他一幅遺像，畫得很好，我曾臨摹了一

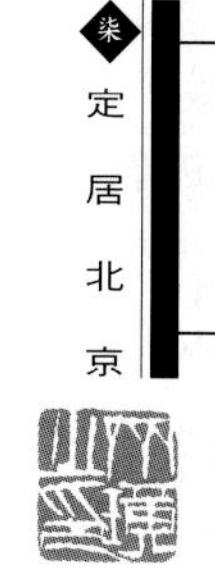

幅。離故居的北面不遠，有袁督師廟，聽說也是尊公出資修建的，廟址相傳是督師當年駐兵之所。東面是池塘，池邊有篁溪釣台，是尊公守廟時遊息的地方，我和尊公在那裏釣過魚。廟的鄰近，原有一座法塔寺，寺已廢圮，塔尚存在。再北為太陽宮，內祀太陽星君，據說三月十九為太陽生日，早先到了那天，用糕祭他，名為太陽糕。我所知道的：三月十九日明朝崇禎皇帝殉國的日子，明朝的遺老，在清朝初年，身處異族統治之下，懷念故國舊君，不敢明言，只好托名太陽，太陽是暗切明朝的「明」字意思。相沿了二百多年，到民初才罷祀，最近連太陽糕也很少有人知道的了。

太陽宮的東北，是袁督師墓，每年春秋兩祭，廣東同鄉照例去掃墓。我在張園住的時候，不但袁督師的遺跡，都已瞻仰過了，就連附近萬柳堂、夕照寺、臥佛寺等許多名勝，也都遊覽無遺，賢父子招待慇勤，我也是很感謝的。我在《張園春色圖》和後來畫的《葛園耕隱圖》上題的詩句，都是我由衷之言，不是說著空話，隨便恭維的。我還把照像留在張園借山居牆上，示後裔的詩說：

後裔倘賢尋舊跡，張園留像葬西山。

這首詩，也可算作我的預囑哪！

民國二十一年（壬申・一九三二），我七十歲。正月初五日，驚悉我的得意門人瑞光和尚死了，享年五十五歲。他的畫，一生專摹大滌子，拜我為師後，常來和我談畫，自稱學我的筆法，才能畫出大滌子的精意。我題他的畫，有句說：

畫水鉤山用意同，老僧自道學萍翁。

他死了，我覺得可惜得很，到蓮花寺裏去哭了他一場，回來仍是鬱鬱不樂。我想，人是早晚要死的，我已是七十歲的人了，還有多少日子可活！這幾年，賣畫教書，刻印寫字，進款卻也不少，風燭殘年，很可以不必再為衣食勞累了，就自己畫了一幅《息肩

葛園耕隱圖　　一九三三年・七十一歲

黃犢無欄繫外頭，許由與汝是同儔，我思仍舊扶犁去，哪得餘年健是牛。

耕野帝王象萬古，出師丞相表千秋。須知洗耳江濱水，不肯牽牛飲下流。畫圖題後，是夜枕上又得此絕句。

釣蝦圖　　約二十年代中期

從來未聞有釣蝦者，始自白石。

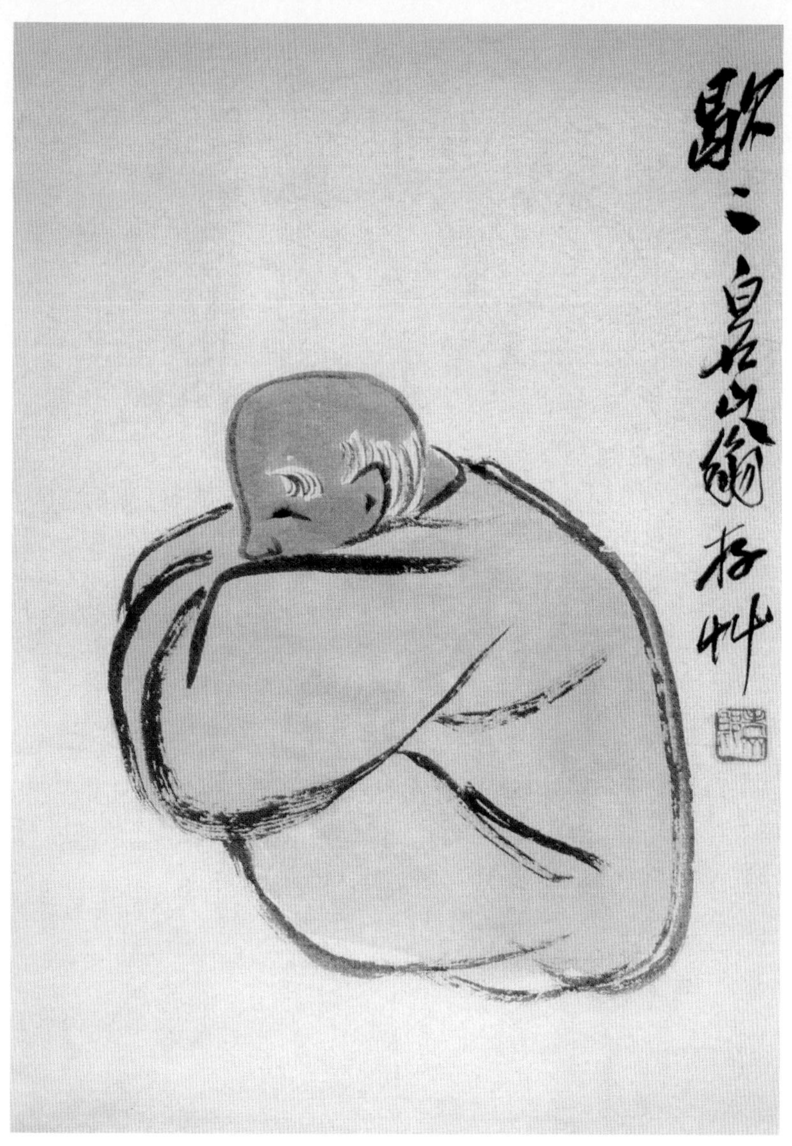

歇歇圖　　約一九三五年・約七十三歲

魚鷹

風柳圖
約一九二七年・
約六十五歲

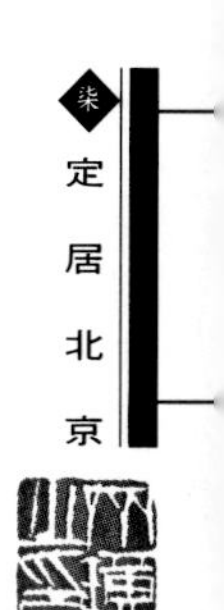

柳岸行吟圖
一九二九年・六十七歲

溪橋歸豕圖
約三十年代初期

山村煙雨圖　　約一九三〇年・約六十八歲

雙肇樓圖　　一九三二年・七十歲

秋水鸕鷥圖　　約一九三二年・約七十歲

堤上垂楊綠對門，朝朝相見有煙痕。寄言橋上還家者，羨汝斜陽江岸村。余畫秋水鸕鷥直幅，求者皆欲依樣為之，此第五幅也。

荷花鴛鴦圖　　約一九三二年前・約七十歲前

圖》，題詩說：

眼看朋儕歸去拳，那曾把去一文錢，
先生自笑年七十，挑盡銅山應息肩。

可是畫了此圖，始終沒曾息肩，我勞累了一生，靠著雙手，糊上了嘴，看來，我是要勞累到死的啦！

自瀋陽淪陷後，錦州又告失守，戰火迫近了榆關，平津一帶，人心浮動，富有之家，紛紛南遷。北平市上，敵方人員往來不絕，他們慕我的名，時常登門來訪，有的送我些禮物，有的約我去吃飯，還有請我去照相，目的是想白使喚我，替他們拚命去畫，好讓他們帶回國去賺錢發財。我不勝其煩，明知他們詭計多端，內中是有骯髒作用的。況且我雖是一個毫無能力的人，多少總還有一點愛國心，假使願意去聽從他們的使喚，那我簡直對不起我這七十歲的年紀了。因此在無辦法中想出一個辦法：把大門緊緊地關上，門裏頭加上一把大鎖，有人來叫門，我先在門縫中看清是誰，能見的開門請進，不願見的，命我的女僕，回說「主人不在家」，不去開門，他們也就無法進來，只好掃興地走了。這是不拒而拒的妙法，在他們沒有見著我之時，先給他們一個閉門羹，否則，他們見著了我，當面不便下逐客令，那就脫不掉許多麻煩了。冬，因謠言甚熾，門人紀友梅在東交民巷租有房子，邀我去住，我住了幾天，聽得局勢略見緩和，才又回了家。

我早年跟胡沁園師學的是工筆畫，從西安歸來，因工筆畫不能暢機，改畫大寫意。所畫的東西，以日常能見到的為多，不常見的，我覺得虛無縹緲，畫得雖好，總是不切實際。我題畫葫蘆詩說：「幾欲變更終縮手，捨真作怪此生難。」不畫常見的而去畫不常見的，那就是捨真作怪了。我畫實物，並不一味的刻意求似，能在不求似中得似，方得顯出神韻。我有句說：「寫生我懶求形似，不厭聲名到老低。」所以我的畫，不為俗人所喜，我亦不願強合人意，有詩說：「我亦人間雙妙手，搔人癢處最為難。」我向來反對宗派拘束，曾云：「逢人恥聽說荊關，宗派誇能卻汗顏。」也反對死臨死摹，又曾說過：「山外樓台雲外峰，匠家千古此雷同。」「一笑前朝諸巨手，平鋪細抹死工夫。」因之，我就常說：「胸中山氣奇天下，刪去臨摹手一雙。」贊同我這見解的人，陳師曾是頭一個，其餘就算瑞光和尚和徐悲鴻了。

我畫山水，佈局立意，總是反覆構思，不願落入前人窠臼。五十歲後，懶於多費神思，曾在潤格中訂明不再為人畫山水，在這二年中，畫了不過寥寥幾幅。本年因你給我編印詩稿，代求名家題詞，我答允各作一圖為報，破例畫了幾幅，如給吳北江（闓生）畫的《蓮池講學圖》，給楊雲史（圻）畫的《江山萬里樓圖》，給趙幼梅（元禮）畫的《明燈夜雨樓圖》，給宗子威畫的《遼東吟館談詩圖》，給李釋堪（宣倜）畫的《握蘭簃填詞圖》，這幾幅圖，我自信都是別出心裁，經意之作。

民國二十二年（癸酉・一九三三）年，我七十一歲。你給我編的《白石詩草》八卷，元宵節印成，這件事，你很替我費了些心，我很感謝你的。我在戊辰年印出的《借山吟館詩草》，是用石版影印我的手稿，從光緒壬寅到民國甲寅十二年間所作，收詩很少。這次的《白石詩草》，是壬寅以前和甲寅以後作的，曾經樊樊山選定，又經王仲言重選，收的詩比較多。

我的刻印，最早是走的丁龍泓、黃小松一路，繼得《二金蝶堂印譜》，乃專攻趙撝叔的筆意。後見《天發神讖碑》，刀法一變，又見《三公山碑》，篆法也為之一變。最後喜秦權，縱橫平直，一任自然，又一大變。光緒三十年以前，摹丁、黃時所刻之印，曾經拓存，湘綺師給我作過一篇序。民國六年（丁巳），家鄉兵亂，把印拓全部失落，湘綺師的序文原稿，藏在牆壁內，幸得保存。十七年，我把丁巳後在北京所刻的，拓存四冊，仍用湘綺師序文，刊在卷前，這是我定居北京後第一次拓存的印譜。本年我把丁巳以後所刻三千多方印中，選出二百三十四印，用硃砂泥親自重行拓存。內有因求刻的人促迫取去，只拓得一二頁，製成鋅版充數的，此次統都剔出，另選我最近所刻自用的印加入，湊足原數，仍用湘綺師原序列於卷首，這是我在北京第二次所拓的印譜，又因戊辰年第一次印譜出書後，外國人購去印拓二百方，按此二百方，我已無權再行複製，只得把庚午、辛未兩年所刻的拓本，裝成六冊，去年今年刻的較少，拓本裝成四冊，合計一冊，這是我第三次拓的印譜。

三月，見報載，日軍攻佔熱河，平津一帶，深受威脅，人心很感恐慌。五月，《塘沽協定》成立，華北主權，喪失殆盡。春夏間，北平謠言四起，我承門人紀友梅的關切，邀我到他的東交民巷寓所去避居，住了二十來天。

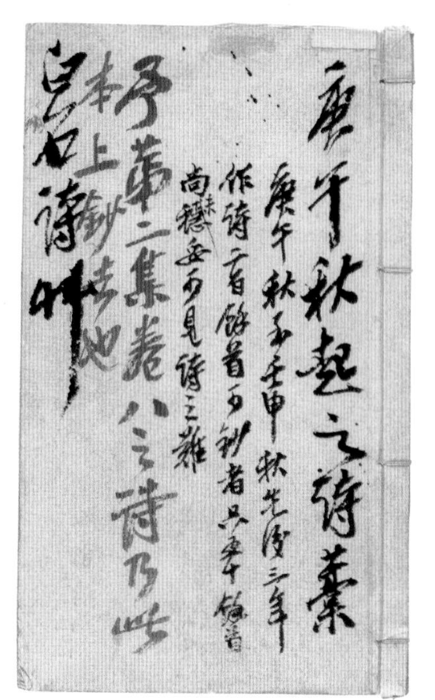

《白石詩草》之一　一九三〇年至一九三二年・六十八至七十歲

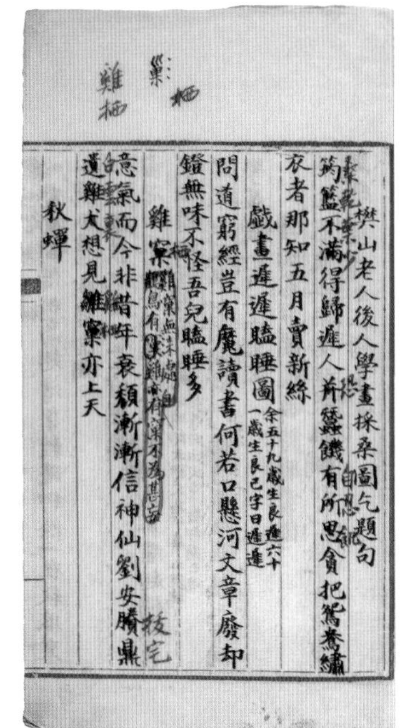

《白石詩草》之二　一九三〇年至一九三二年・六十八至七十歲

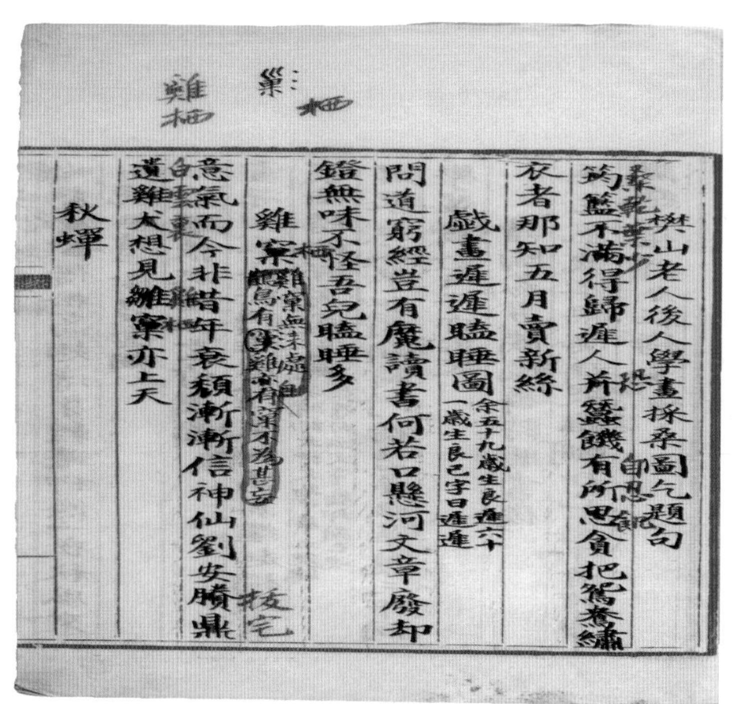

《白石詩草》之三　一九三〇年至一九三二年・六十八至七十歲

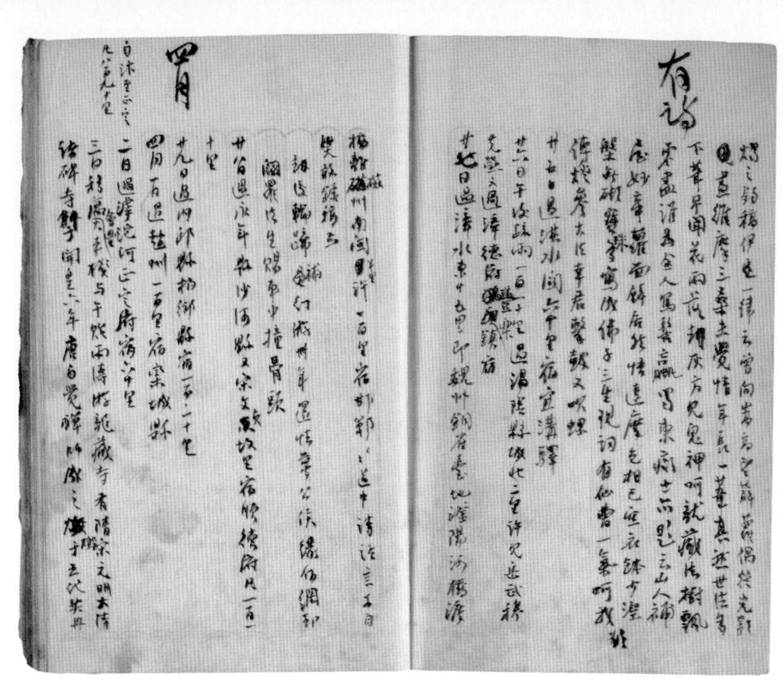

《白石詩草》之四　一九〇三年・四十一歲

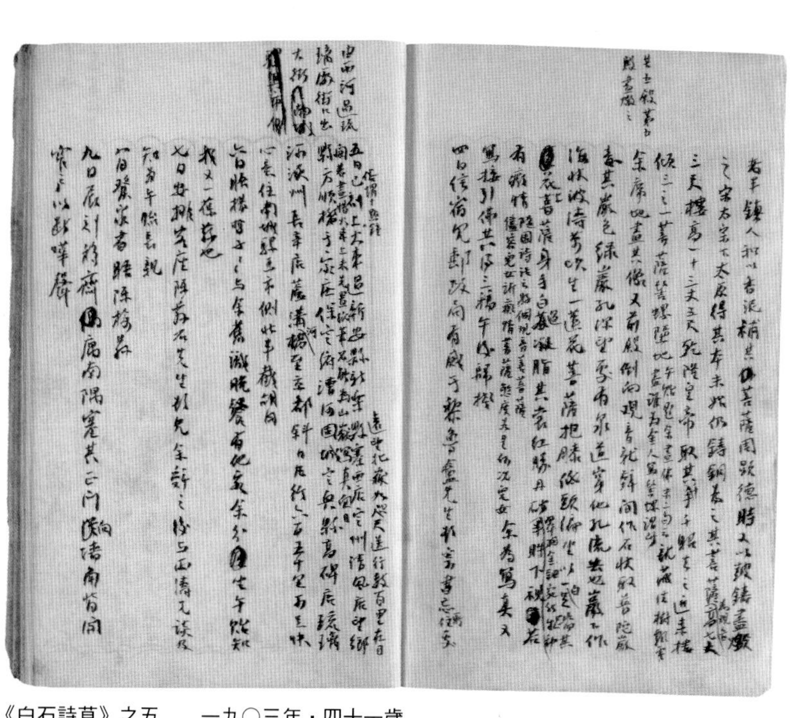

《白石詩草》之五　一九〇三年・四十一歲

望白雲家山難捨

借山門客

吾草木衆人也

夢想芙蓉路八千

人長壽

餘年離亂

味無味齋

心耿耿

千秋

杜門

前世打鐘僧

歎清平在中年過了

馬上斜陽城下花

木居士記

齊璜之印

魯班門下

冬十二月二十三日，是我祖母馬孺人一百二十歲冥誕之期。我祖母於光緒二十七年辛丑十二月十九日逝世，至今已過了三十二個週年了。她生前，我沒有多大的力量好好的侍奉，現在逢到她的冥誕，又是百二十歲的大典，理應稍盡寸心。那天在家，延僧誦經，敬謹設祭。到了夜晚，焚化冥鏹時，我另寫了一張文啟，附在冥鏹上面，一起焚掉。文啟說：

> 祖母齊母馬太君，今一百二十歲，冥中受用，外神不得強得。今長孫年七十一歲，避匪難，居燕京，有家不能歸，將至死不能掃祖母之墓，傷心哉！

想起千里遊子，遠別故鄉廬墓，望眼天涯，黯然魂銷。況我垂暮之年，來日苦短，旅懷如織，更是夢魂難安。

民國二十三年（甲戌・一九三四），我七十二歲。我在光緒十八年（壬辰）三十三歲時，所刻的印章，都是自己的姓名，用在詩畫方面的而已。刻的雖不多，收藏的印石，卻有三百來方，我遂自名為「三百石印齋」。至民國十一年（壬戌）我六十歲時，自刻自用的印章多了，其中十分之二三，都是名貴的佳石。可惜這些印石，留在家鄉，在丁卯、戊辰兩年兵亂中，完全給兵匪搶走，這是我生平莫大的恨事。民國十六年（丁卯）以後，我沒曾回到家鄉去過，在北平陸續收購的印石，又積滿了三百方，三百石印齋倒也名副其實，只是石質沒有先前在家鄉失掉的好了。上年羅祥止來，向我請教刻印的技法，求我當場奏刀。我把所藏的印石，一邊刻給他看，一邊講給他聽。祥止說：聽我的話，如聞霹靂，看我揮刀，好像呼呼有風聲，佩服得了不得，非要拜我為師不

三百石印富翁

悔烏堂

可，我就只好答允，收他為門人了。本年又有一個四川籍的友人，也像祥止那樣，屢次求我刻給他看，我把指示祥止的技法，照樣的指示他。因此，從去年至今，不滿一年的時候，把所藏的印石，全數刻完，所刻的印章，連以前所刻，又超過了三百之數，就再拓存下來，留示我子孫。

我刻印，同寫字一樣。寫字，下筆不重描，刻印，一刀下去，絕不回刀。我的刻法，縱橫各一刀，只有兩個方向，不同一般人所刻的，去一刀，回一刀，縱橫來回各一刀，要有四個方向，篆法高雅不高雅，刀法健全不健全，懂得刻印的人，自能看得明白。我刻時，隨著字的筆勢，順刻下去，並不需要先在石上描好字形，才去下刀。我的刻印，比較有勁，等於寫字有筆力，就在這一點。常見他人刻石，來回盤旋，費了很多時間，就算學得這一家那一家的，但只學到了形似，把神韻都弄沒了，貌合神離，僅能欺騙外行而已。他們這種刀法，只能說是蝕削，何嘗是刻印。我常說：世間事，貴痛快，何況篆刻是風雅事，豈是拖泥帶水，做得好的呢?

本年四月二十一日，寶珠又生了個男孩，取名良年，號壽翁，乳名小翁子。

民國二十四年（乙亥・一九三五），我七十三歲。本年起，我衰敗之相疊出，右半身從臂膀到腿部，時時覺得酸痛，尤其可怕的，是一陣陣的頭暈，請大夫診治了幾次，略略似乎好些。陽曆四月一日，即陰曆二月二十八日，攜同寶珠南行。三日午刻到家，我的孫輩外孫輩和外甥等，有的已二十往外的人，見著我面，都不認識。我離家快二十年了，住的房子，沒有損壞，還添

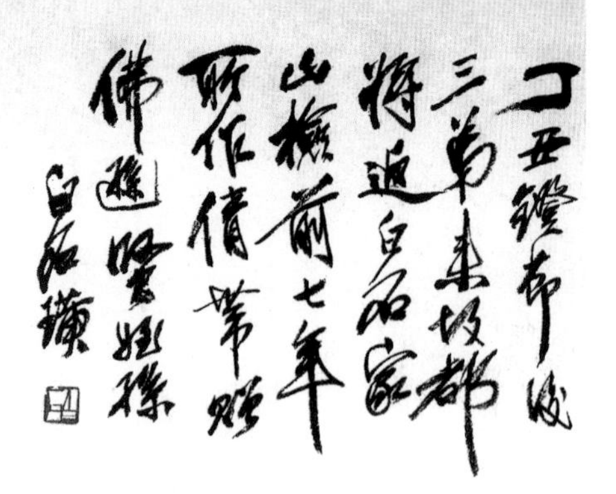

炊

丁丑燈節後，三弟來故都將返，白石家山檢前七年所作，倩帶贈佛，遜賢侄孫。

蓋了幾間，種的果木花卉，也還照舊，山上的樹林，益發的茂盛。我長子良元、三子良琨，兄弟倆帶頭，率領著一家子大大小小，把家務整理得有條有理，這都是我的好子孫哪！只有我妻陳春君，瘦得可憐，她今年已七十四歲啦。我在茹家衝家裏，住了三天，就同寶珠動身北上。我別家時，不忍和春君相見。還有幾個相好的親友，在家坐待相送，我也不使他們知道，悄悄地離家走了。十四日回到了北京。這一次回家，祭掃了先人的墳墓，我日記上寫道：「烏鳥私情，未供一飽，哀哀父母，欲養不存。」我自己刻了一顆「悔烏堂」的印章，懷鄉追遠之念，真是與日俱增的啊！

我因連年時局不靖，防備宵小覬覦，對於門戶特別加以小

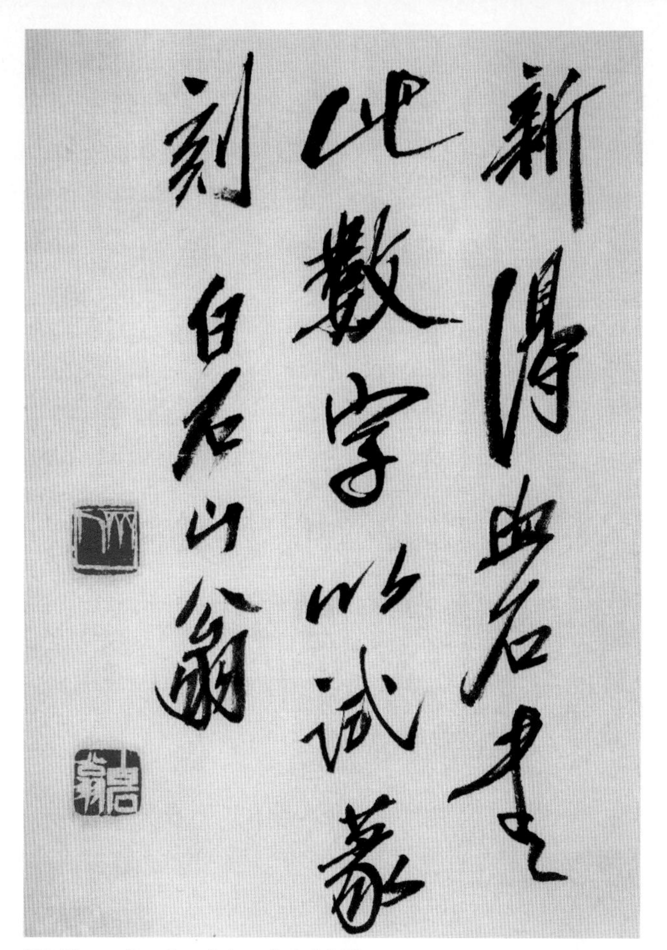

試刻書　　約一九二七年・約六十五歲

心。我的跨車胡同住宅，東面臨街，我住在裏面北屋，廊子前面，置有鐵製的柵欄，晚上拉開，加上了鎖，比較的嚴密得多了。陰曆六月初四日上午寅刻，我聽得犬吠之聲，聒耳可厭，親自起床驅逐。走得匆忙了些，腳骨誤觸鐵柵欄的斜撐，一跤栽了下去。寶珠母子，聽見我呼痛之聲，急忙出來，抬我上床，請來正骨大夫，仔細診治，推拿敷藥，疼痛稍減。但是腿骨的筋，已長出一寸有零，腿骨脫了骱，公母骨錯開了不相交，幾乎成了殘疾。

民國二十五年（丙子・一九三六），我七十四歲。陰曆三月初七日，清明節的前七天，尊公邀我到張園，參拜袁督師崇煥遺像。那天到的人很多，記得有陳散原、楊雲史、吳北江諸位。吃

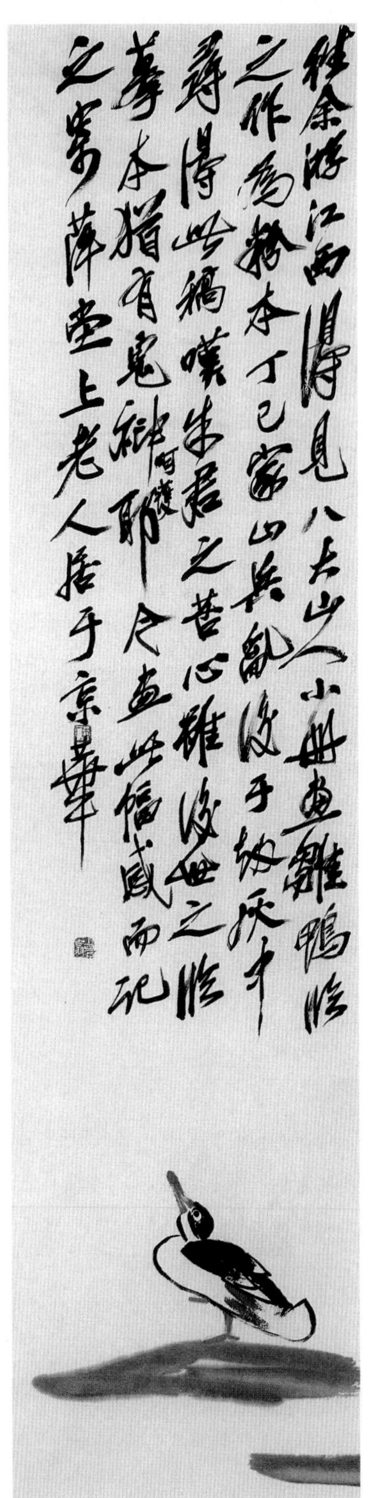

鴨圖　　約一九二八年・約六十六歲

往余游江西，得見八大山人小冊畫雛鴨，臨之作為粉本。丁巳家山兵亂後，於劫灰中尋得此稿，嘆朱君之苦心。雖後世之臨摹本，猶有鬼神呵護耶。今畫此幅，感而記之。

山水
一九三二年・
七十歲

魚蟹圖　　約一九三二年・約七十歲

三百石印富翁齊璜無處投足時作。

烏鴉玉蘭圖　約一九三二年・約七十歲

扶醉人歸圖　　約一九三二年・約七十歲

扶醉人歸，影斜桑柘。寄萍堂上老人製，用朱雪個本一笑。

兔子白菜　　約三十年代中期

紅葉山居圖　　約三十年代初期

山居圖
約三十年代中期

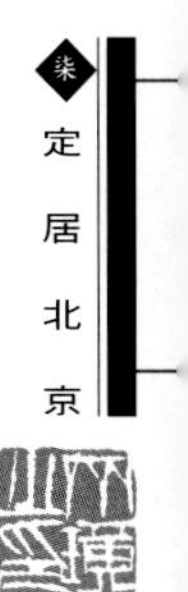

山水　一九三五年・七十三歲

飯的時候，我談起：「我想在西郊香山附近，覓一塊地，預備個生壙。前幾年，託我同鄉汪頌年（詒書），寫過『處士齊白石之墓』七個大字的碑記。墓碑有了，墓地尚無著落。擬懇諸位大作家，俯賜題詞，留待他日，俾光泉壤。」當時諸位都允承了，沒隔幾天，詩詞都寄了來，這件事，也很感激你賢父子的。

四川有個姓王的軍人，託住在北平的同鄉，常來請我刻印，因此同他通過幾回信，成了千里神交。春初，寄來快信，說：蜀中風景秀麗，物產豐富，不可不去玩玩，接著又來電報，歡迎我

去。寶珠原是出生在四川的，很想回娘家去看看，遂於陰曆閏三月初七日，同寶珠帶著良止、良年兩個孩子，離平南下。二十九日夜，從漢口搭乘太古公司萬通輪船，開往川江。五月一日黃昏，過沙市。沙市形勢，很有些像湘潭，沿江有山嘴攔擋，水從江中流出，江岸成彎形，便於泊船。四日未刻，過萬縣，泊武陵。我心病發作，在船內很不舒適，到夜半病才好了。五日酉刻，抵嘉州。寶珠的娘家，在轉頭橋胡家衝，原是酆都縣屬，但從嘉州登岸，反較近便。我們到了寶珠的娘家，住了三天，我陪

鍾馗圖　　約一九三五年・約七十三歲

石濤作畫圖　　約一九三五年・約七十三歲

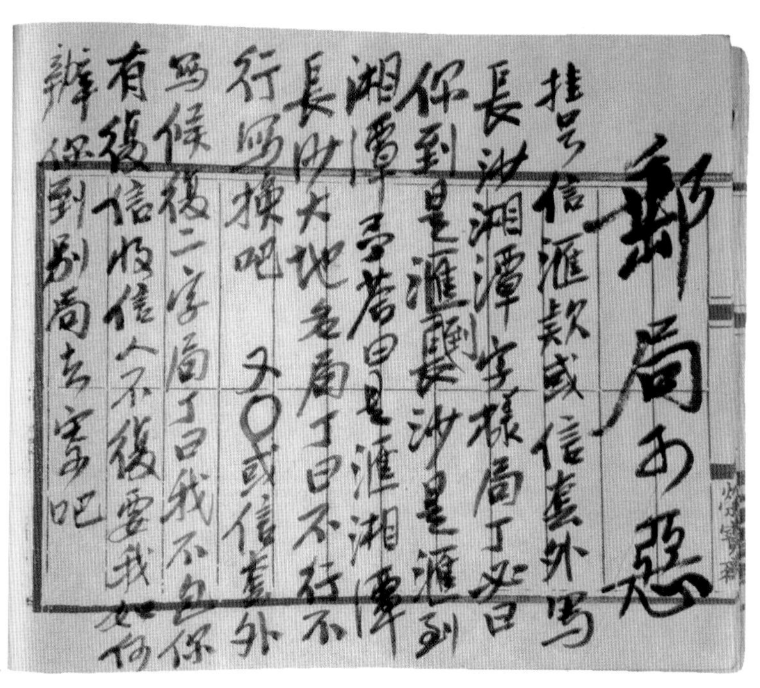

郵局可惡
挂号信滙款或信套外写
長沙湘潭字樣局丁答曰
你到是滙到長沙是滙到
湘潭乎局曰只是滙湘潭
長沙大地名局丁曰不行不
行写換吧　又〇或信套外
写候複二字局丁曰我不與你
有複信收信人不復要我如何
辦你到別局去寄吧

《丙子二十五年紀事》之一　　一九三六年・七十四歲

柒 定居北京

篆書對聯　　一九三六年・七十四歲

她祭掃她母親的墳墓，算是了卻她一樁心願。我有詩說：

為君骨肉暫收帆，三日鄉村問社壇，
難得老夫情意合，攜樽同上草堆寒。

十一日到重慶。十五日宿內江。十六日抵成都，住南門文廟後街，認識了方鶴叟旭。那時，金松岑、陳石遺、黃賓虹，都在成都，本是神交多年，此次見面，倍加親熱。松岑面許給我撰作傳記。我在國立藝院和私立京華美專教過的學生，在成都的，都來招待我。

川中山水之佳，較桂林更勝一籌。我遊過了青城、峨嵋等山，就離別諸友，預備東返。門生們都來相送。我記得俗諺有：「老不入川」這句話，預料此番出川，終我之生，未必會再來的了。我留別門生的詩，有句云：「蜀道九千年八十，知君不勸再來遊」就是這個意思。八月二十五日離成都，經重慶、萬縣、宜昌，三十一日到漢口。住在朋友家。因腹瀉耽了幾天。九月四日，乘平漢車北行，五日到北平，回家。有人問我：「你這次川遊，既沒有作多少詩，也沒有作什麼畫，是不是心裏有了不快之事，所以興趣毫無了呢？」我告訴他說：「並非如此！我們去時是四個人，回來也是四個人，心裏有什麼不快呢？不過四川的天氣，時常濃霧蔽天，看山是掃興的。」我背了一首＜過巫峽＞的詩給他聽：

怒濤相擊作春雷，江霧連天掃不開，
欲乞赤烏收拾盡，老夫原為看山來。

避世時期

捌

避世時期

（一九三七～一九四八）

民國二十六年（丁丑・一九三七），我七十七歲。早先我在長沙，舒貽上之鑾給我算八字，說：「在丁丑年，脫丙運，交辰運。辰運是丁丑年三月十二日交，壬午三月十二日脫。丁丑年下半年即算辰運，辰與八字中之戌相衝，衝開富貴寶藏，小康自有可期，惟丑辰戌相刑，美中不足。」又說：「交運時，可先唸佛三遍，然後默唸辰與酉合若干遍，在立夏以前，隨時均宜唸之。」又說：「十二日戌時，是交辰運之時，屬龍屬狗之小孩宜暫避，屬牛羊者亦不可近。本人可佩一金器，如金戒指之類。」唸佛，帶金器，避見屬龍屬狗屬牛羊的人，我聽了他話，都照辦了。我還在他批的命書封面，寫了九個大字：「十二日戌刻交運大吉。」又在裏頁，寫了幾行字道：「宜用瞞天過海法，今年七十五，可口稱七十七，作為逃過七十五一關矣。」從丁丑年起，我就加了兩歲，本年就算七十七歲了。

二月二十七日，即陰曆正月十七日，寶珠又生了一個女孩，取名良尾，生了沒有幾天，就得病死了。這個孩子，生得倒還秀麗，看樣子不是笨的，可惜是曇花一現，像泡沫似的一會兒就幻滅了。

七月七日，即陰曆五月二十九日，那天正交小暑節，天氣已

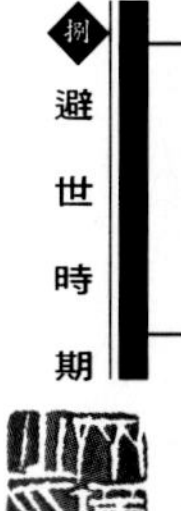

是熱得很。後半夜，日本軍閥在北平廣安門外蘆溝橋地方，發動了大規模的戰事。蘆溝橋在當時，是宛平縣的縣城，城雖很小，卻是一個用兵要地，儼然是北平的屏障，失掉了它，北平就無險可守了。第二天，是陰曆六月初一日，早晨見報，方知日軍蓄意挑釁，事態有擴大可能，果然聽到西邊嘭嘭的好幾回巨大的聲音，乃是日軍轟炸了西苑。接著南苑又炸了，情勢十分緊張。過了兩天，忽然傳來講和的消息。但是，有一夜，廣安門那邊，又有啪啪啪的機槍聲，鬧了大半宵。如此停停打打，打打停停，鬧了好多天。到了七月二十八日，即陰曆六月二十一日，北平天津相繼都淪陷了。前幾天所說的講和，原來是日軍調兵遣將、準備大舉進攻的一種詭計。我們的軍隊，終於放棄了平津，轉向內地而去。

這從來沒曾遭遇過的事情，一旦身臨其境，使我膽戰心驚，坐立不寧。怕的是：淪陷之後，不知要經受怎樣的折磨，國土也不知哪天才能光復，那時所受的刺激，簡直是無法形容。我下定決心，從此閉門家居，不與外界接觸。藝術學院和京華美術專門學校兩處的教課，都辭去不幹了。亡友陳師曾的尊人散原先生於九月間逝世，我作了一副輓聯送了去，聯道：

為大臣嗣，畫家爺，一輩作詩人，消受清閒原有命；
由南浦來，西山去，九天入仙境，乍經離亂豈無愁。

下聯的末句，我有說不盡的苦處，含蓄在內。我因感念師曾生前對我的友誼，親自到他尊人的靈前行了個禮，這是我在淪陷後第一次出大門。

民國二十七年（戊寅・一九三八），我七十八歲。瞿兌之來請我畫《超覽樓禊集圖》，我記起這件事來了！前清宣統三年三月初十日，是清明後兩天，我在長沙，王湘綺師約我到瞿子玖超覽樓看櫻花海棠，命我畫圖，我答允了沒有踐諾。兌之是子玖的小兒子，會畫幾筆梅花，曾拜尹和伯為師，畫筆倒也不俗。他請我補畫當年的《禊集圖》，我就畫了給他，了卻一樁心願。

六月二十三日，即陰曆五月二十六日，寶珠生了個男孩，這

胡寶珠與兒子齊良末（懷抱者）、齊良止（站立者）。

齊白石與胡寶珠。

是我的第七子，寶珠生的第四子。我在日記上寫道：「二十六日寅時，鐘錶乃三點二一分也。生一子，名曰良末，字紀牛，號耋根。此子之八字：戊寅，戊午，丙戌，庚寅，為炎上格，若生於前清時，宰相命也。」我在他的命冊上批道：「字以紀牛者，牛，丑也，記丁丑年懷胎也。號以耋根也，八十為耋，吾年八十，尚留此根苗也。」

十二月十四日，孫秉聲生，是良遲的長子。良遲是我的第四子，寶珠所生的第一子，今年十八歲，娶的是獻縣紀文達公後裔紀彭年的次女。寶珠今年三十七歲已經有了孫子啦，我們家，人丁可算興旺哪！美中不足的是：秉聲生時，我的第六子良年，乳名叫作小翁子的，病得很重，隔不到十天，十二月二十三日死了，年才五歲。

這孩子很有點夙根，當他三歲時，知識漸開，已經能懂得人事，見到愛吃的東西，從不爭多論少，也不爭先恐後，父母喚他才來，分得的還要留點給父母。我常說：「孔融讓梨，不能專美於前，我家的小翁子，將來一定是有出息的。」

不料我有厚望的孩子，偏偏不能長壽，真教我傷心！又因國難步步加深，不但上海南京，早已陷落，聽說我們家鄉湖南，也已淪入敵手，在此兵荒馬亂的年月，心緒惡劣萬分，我的日記《三百石印紀事》，無意再記下去，就此停筆了。

民國二十八年（己卯・一九三九），我七十九歲。二十九年（庚辰・一九四〇），我八十歲。自丁丑年北平淪陷後，這三年間，我深居簡出，很少與人往還，但是登我門求見的人，非常之多。敵偽的大小頭子，也有不少來找我的，請我吃飯，送我東西，跟我拉交情，圖接近，甚至要求我跟他們一起照相，或是叫我去參加什麼盛典，我總是婉辭拒絕，不出大門一步。他們的任何圈套，都是枉費心機。我怕他們糾纏不休，懶得跟他們多說廢話，乾脆在大門上貼一張紙條，寫了十二個大字：「白石老人心病復作，停止見客。」我原來是確實有點心臟病的，並不嚴重，就藉此為名，避免與他們接近。「心病」兩字，另有含義，我自謂用得很是恰當。只因物價上漲，開支增加，不靠賣畫刻印，無法維持生活，不得不在紙條上，補寫了幾句：「若關作畫刻印，請由南紙店接

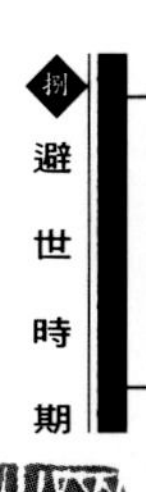

辦。」那時，囤集倒把的奸商，非常之多，他們發了財，都想弄點字畫，掛在家裏，裝裝門面，我的生意，簡直是忙不過來。

二十八年己卯年底，想趁過年的時候，多休息多天，我又貼出聲明：「二十八年十二月初一起，先來之憑單退，後來之憑單不接。」

過了年，二十九年庚辰正月，我為了生計，只得仍操舊業，不過在大門上，加貼了一張「畫不賣與官家，竊恐不祥」的告白，說：「中外官長，要買白石之畫者，用代表人可矣，不必親駕到門。從來官不入民家，官入民家，主人不利。謹此告知，恕不接見。」這裏頭所說的「官入民家，主人不利」的話，是有雙關意義的。我還聲明：「絕止減畫價，絕止吃飯館，絕止照相。」在絕止減畫價的下面，加了小註：「吾年八十矣，尺紙六圓，每圓加二角。」另又聲明：「賣畫不論交情，君子自重，請照潤格出錢。」我是想用這種方法，拒絕他們來麻煩的。還有給敵人當翻譯的，常來訛詐，有的要畫，有的要錢，有的欺騙，有的硬索，我在牆上，又貼了告白，說：「切莫代人介紹，心病復作，斷難報答也。」又說：「與外人翻譯者，恕不酬謝，與諸君莫介紹，吾亦苦難報答也。」

這些字條，日軍投降後，我的看門人尹春如，從大門上揭了下來，歸他保存。春如原是清朝宮裏的太監，分配到肅王府，清末，侍候過肅親王善耆的。

二月初，得良元從家鄉寄來快信，得知我妻陳春君，不幸於正月十四日逝世，壽七十九歲。春君自十三歲來我家，熬窮受苦，從無怨言，我在北平，賣畫為活，北來探視，三往三返，不辭跋涉。相處六十多年，我雖有恆河沙數的話，也難說盡貧賤夫妻之事，一朝死別，悲痛刻骨，淚哭欲乾，心摧欲碎，作了一副輓聯：

怪赤繩老人，繫人夫妻，何必使人離別；
問黑面閻王，主我生死，胡不管我團圓。

庚午直白
一九三〇年・六十八歲

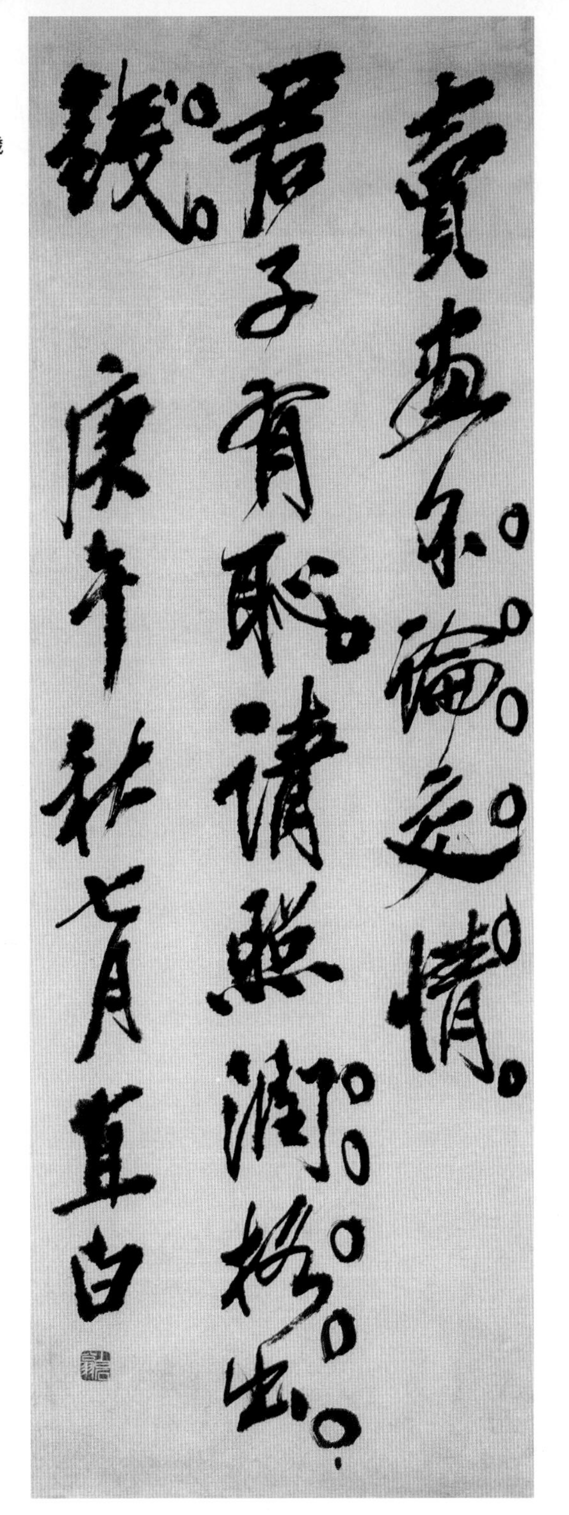

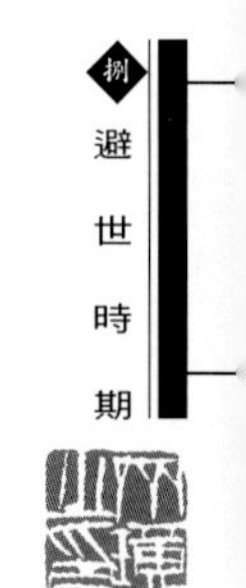

白石告白
約一九四〇年・約八十歲

一九四一年六月，立胡寶珠為繼室留念。

前排右四：齊白石，前排右五：胡寶珠，前排右三：四子齊良遲，前排右二：胡佩衡。

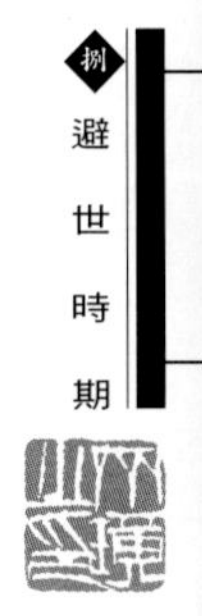

又作了一篇祭文，敘說我妻一生賢德，留備後世子孫，觀覽勿忘。

良元信上還說，春君垂危之時，口囑兒孫輩，慎侍衰翁，善承色笑，切莫使我生氣。我想：遠隔千里，不能當面訣別，這是她一生最後的缺恨，教我用什麼方法去報答她呢？我在北平，住了二十多年，雕蟲小技，天下知名，所教的門人弟子，遍布南北各省，論理，應該可以自慰的了，但因親友故舊，在世的已無多人，賢妻又先我而去，有家也歸不得，想起來，就不免黯然銷魂了。我膝下男子六人，女子六人，兒媳五人，孫曾男女共四十多人，見面不相識的很多。人家都恭維我多壽多男，活到八十歲，不能說不多壽；兒女孫曾一大群，不能說不多男；只是福薄，說來真覺慚愧。

民國三十年（辛巳・一九四一），我八十一歲。寶珠隨侍我二十多年，勤儉柔順，始終不倦，春君逝世後，很多親友，勸我扶正，遂於五月四日，邀請在北平的親友二十餘人，到場作證。先把我一生勞苦省儉，積存下來的一點薄產，分為六股，春君所生三子，分得湖南家鄉的田地房屋，寶珠所生三子，分得北平的房屋現款，春君所生的次子良黼，已不在人世，由次兒媳同其子繼承。立有關分產業字據，六人各執一份，以資信守。分產竣事後，隨即舉行扶正典禮，我首先鄭重聲明：「胡氏寶珠立為繼室！」到場的二十多位親友，都簽名蓋印。我當著親友和兒孫等，在族譜上批明：「日後齊氏續譜，照稱繼室。」寶珠身體素弱，那天十分高興，招待親友，直到深夜，毫無倦累神色。

隔不多天，忽有幾個日本憲兵，來到我家，看門人尹春如攔阻不及，他們已直闖進來，嘴裏說著不甚清楚的中國話，說是：「要找齊老頭兒。」我坐在正間的藤椅子上，一聲不響，看他們究竟要幹些什麼，他們問我話，我裝得好像一點兒都聽不見，他們近我身，我只裝沒有看見，他們嘰哩咕嚕，說了一些我聽不懂的話，也就沒精打采地走了。事後，有人說：「這是日軍特務，派來嚇唬人的。」也有人說：「是幾個喝醉的酒鬼，存心來搗亂的。」我也不問其究竟如何，只囑咐尹春如，以後門戶，要加倍小心，不可再疏忽，吃此虛驚。

民國三十一年（壬午・一九四二），我八十二歲。在七八年前，就已想到：我的歲數，過了古稀之年，桑榆暮景，為日無多，家鄉遼遠，白雲在望，生既難還，死亦難歸。北京西郊香山附近，有萬安公墓，頗思預置生壙，備作他日葬骨之所，曾請同鄉老友汪頌年寫了墓碑，又請陳散原、吳北江、楊雲史諸位題詞做紀念。只是歲月逡巡，因循坐誤，香山生壙之事，未曾舉辦。二十五年丙子冬，我又想到埋骨在陶然亭旁邊，風景既優美，地點又近便，復有香塚、鸚鵡塚等著名勝跡，後人憑弔，倒也算作佳話。知道你曾替人成全過，就也託你代辦一穴，可惜你不久離平南行，因此停頓至今。上年年底，你回平省親，我跟你談起舊事，承你厚意，和陶然亭慈悲禪林的住持慈安和尚商妥，慈安願把亭東空地一段割贈，這真是所謂「高誼如雲」的了。正月十三日，同了寶珠，帶著幼子，由你陪去，介紹和慈安相晤，談得非常滿意。看了看墓地，高敞向陽，葦塘圍繞，確是一塊佳域。當下定議。我填了一闋＜西江月＞的詞，後邊附有跋語，說：「壬午春正月十又三日，余來陶然亭，住持僧慈安贈妥墳地事，次溪侄，引薦人也，書於詞後，以記其事。」但因我的兒孫，大部分都在湖南家鄉，萬一我死之後，他們不聽我話，也許運柩回湘，或是改葬他處，豈不有負初衷，我寫一張委託書交你收存，免得他日別生枝節。這樣，不僅我百年骸骨，有了歸宿，也可算是你我的一段死生交情了。

（次溪按：老人當時寫的委託書說：「百年後埋骨於此，慮家人不能遵，以此為證。」我曾請徐石雪丈宗浩，畫過一幅《陶然亭白石覓塘圖》，名流題詞甚多，留作紀念。）

那年，我給你畫的《蕭寺拜陳圖》，自信畫得很不錯，你請人題的詩詞，據我看，治薌傅岳芬題的那首七絕，應該說是壓卷。我同陳師曾的交誼，你是知道的，我如沒有師曾的提攜，我的畫名，不會有今天。師曾的尊人散原先生在世時，記得是二十四年乙亥的端陽節左右，你陪我到姚家胡同去訪問他，請他給我作詩集的序文，他知道了我和師曾的關係，慨然應允。沒隔幾天，序文就由你交來。我打算以後如再刊印詩稿，陳、樊二位的序文，一起刊在卷前，我的詩稿，更可增光得多了。我自二十六年丁丑

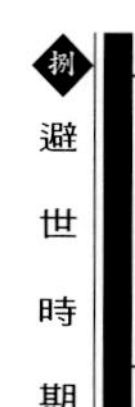

六月以後，不出家門一步。只在丁丑九月，得知散原先生逝世的消息，破例出了一次門，親自去拜奠，他靈柩寄存在長椿寺，我也聽人說起過，這次你我同到寺裏去憑弔，我又破例出門了。

（次溪按：散原太世丈逝世時，我遠客江南，壬午春，我回平，偶與老人談及，擬往長椿寺祭拜，老人願偕往，歸後，特作《蕭寺拜陳圖》給我，我徵集題詞很多。傅治薌丈詩云：「槃槃蓋世一棺存，歲瓣心香款寺門，彼似滄洲陳太守，重封馬鬣祭茶村。」）

民國三十二年（癸未・一九四四），我八十三歲。自從蘆溝橋事變至今，已過了六個年頭，天天提心吊膽，在憂悶中過著苦難日子。雖還沒有大禍臨身，但小小的騷擾，三天兩頭總是不免。最難應付的，就是假藉買畫的名義，常來搗亂，我這個八十開外的老翁，哪有許多精力，同他們去作無謂周旋。萬不得已，從癸未年起，我在大門上，貼了四個大字：「停止賣畫。」從此以後，無論是南紙店經手，或朋友介紹，一概謝絕不畫。家鄉方面的老朋友，知道我停止賣畫，關心我的生活，來信問我近況。我回答他們一首詩，有句云：

壽高不死羞為賊，不醜長安作餓饕。

我是寧可挨凍受餓，絕不甘心去取媚那般人的。

我心裏正在愁悶難遣的時候，偏偏又遭了一場失意之事：十二月十二日，繼室胡寶珠病故，年四十二歲。寶珠自十八歲進我家門，二十多年來，善事我的起居，寒暖飢飽，刻刻關懷。我作畫之時，給我理紙磨墨，見得我的作品多了，也能指出我筆法的巧拙，市上冒我名的假畫，一望就能辨出，我偶或有些小病，她衣不解帶的晝夜在我身邊，悉心侍候。春君在世時，對她很是看重，她也處處不忘禮節，所以妻妾之間，從未發生齟齬。我本想風燭之年，仗她護持，身後之事，亦必待她料理，不料她方中年，竟先衰翁而去，怎不教我灑盡老淚，猶難抑住悲懷哩！

民國三十三年（甲申・一九四四），我八十四歲。我滿懷積忿，無可發洩，只有在文字中，略吐不幸之氣。胡冷庵拿他所畫的山水卷子，叫我題詩，我信筆寫了一首七絕，說：

鸕鷀　　一九三一年・六十九歲

對君斯冊感當年，撞破金甌國可憐。
燈下再三揮淚看，中華無此整山川。

我這詩很有感慨。我雖停止賣畫，但作畫仍是天天並不間斷，所作之畫，分給兒女們保存。我畫的《鸕鷀舟》，題詩道：

大好江山破碎時，鸕鷀一飽別無知，
漁人不識興亡事，醉把扁舟繫柳枝。

我題門生李苦禪畫的《鸕鷀鳥》，寫了一段短文道：

此食魚鳥也，不食五穀鸕鷀之類。有時河涸江乾，或

老當益壯圖　　約一九三七年・約七十七歲

有餓死者，漁人以肉飼其餓者，餓者不食。故舊有諺云：
鸕鷀不食鸕鷀肉。

這是說漢奸們同鸕鷀一樣的「一飽別無知」，但「鸕鷀不食鸕鷀肉」，並不自戕同類，漢奸們對之還有愧色哩。我題《群鼠圖》詩：

群鼠群鼠，何多如許！何鬧如許！
既齧我果，又剝我黍。
燭灺燈殘天欲曙，嚴冬已換五更鼓。

又題畫《螃蟹》詩：

處處草泥鄉，行到何方好！
昨歲見君多，今年見君少。

我見敵人的泥腳越陷越深，日暮途窮，就在眼前，所以拿老鼠和螃蟹來諷刺它們。有人勸我明哲保身，不必這樣露骨的諷刺。我想：殘年遭亂，死何足惜，拚著一條老命，還有什麼可怕的呢？

六月七日，忽然接到藝術專科學校的通知，叫我去領配給煤。藝專本已升格為學院，淪陷後又降為專科學校。那時各學校的大權，都操在日籍顧問之手，各學校裏，又都聘有日文教員，也是很有權威，人多側目而視。我脫離藝校，已有七年，為什麼憑空給我這份配給煤呢？其中必有原因，我立即把通知條退了回去，並附了一封信道：「頃接藝術專科學校通知條，言配給門頭溝煤事。白石非貴校之教職員，貴校之通知誤矣。先生可查明作罷論為是。」煤在當時，固然不易買到，我齊白石又豈是沒有骨頭、愛貪小便宜的人，他們真是錯看了人哪！

朋友因我老年無人照料，介紹一位夏文珠女士來任看護，那是九月間事。

民國三十四年（乙酉・一九四五），我八十五歲。三月十一

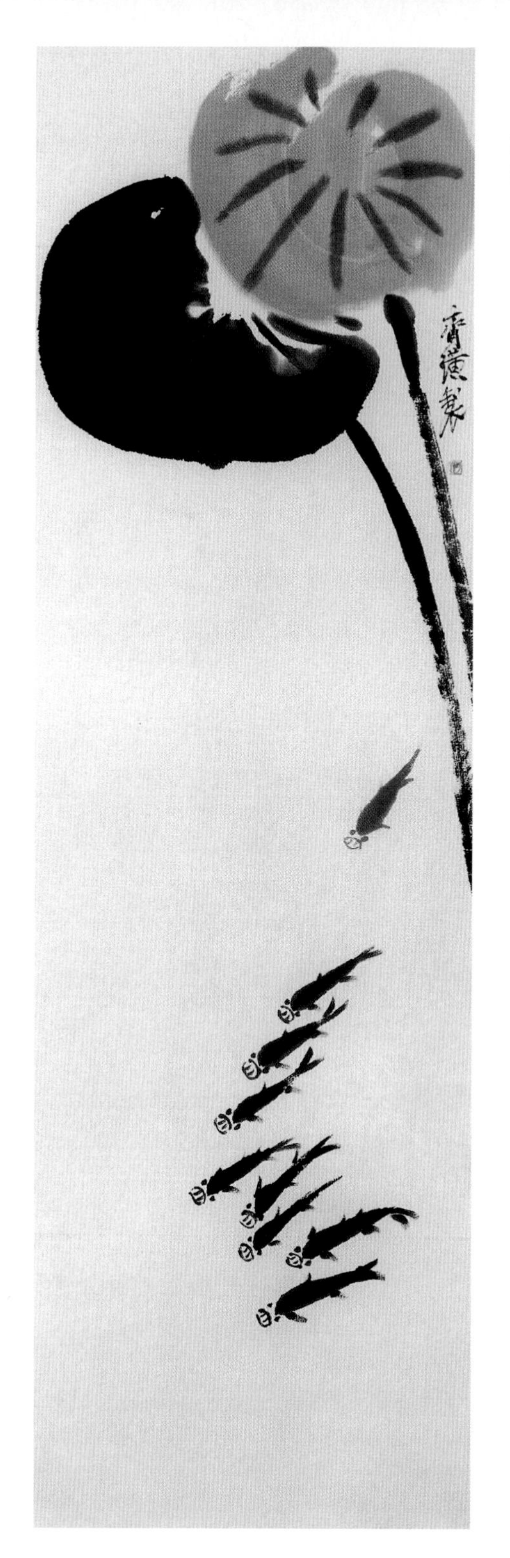

蓮葉小魚圖
約一九三七年・約七十七歲

篆書潛齋
一九三九年・七十九歲

世世多子
一九四〇年・八十歲

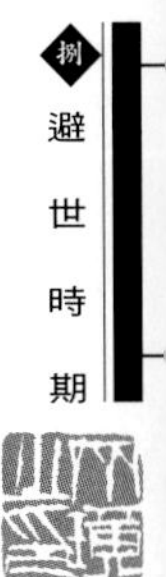

補裂圖　　一九四二年・八十二歲

步履相趨上酒樓，六街燈火夕陽收。歸來未醉閒情在，為畫婁家補裂圖。前四年之詩，今日始作此圖。

大福　　一九四三年・八十三歲

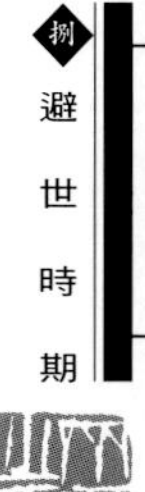

海棠八哥
一九四五年・八十五歲

等閒學得鸚哥語，
也向人前說是非。

蜻蜓蓮蓬　　一九四五年・八十五歲

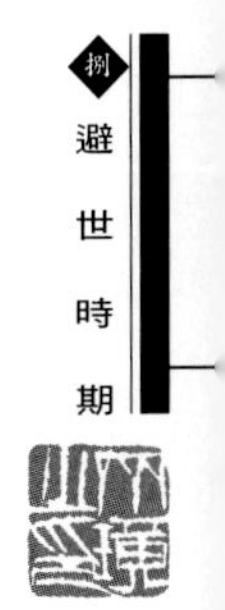

虎圖　　約一九四五年・約八十五歲

清平福來圖　　約一九四六年・約八十六歲

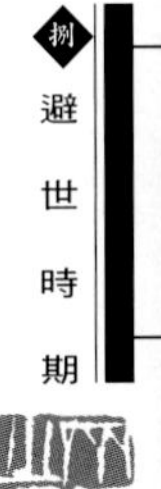

清平福來圖稿樣
（圖稿二幅）

人物
一九四七年・八十七歲

予老年眼之所見，耳之所聞，總覺人非，故嘗作問之畫。今畫此幅，問曰：先生此葫蘆內是賣何藥也。

日，即陰曆正月二十七日，我天明復睡，得了一夢：立在餘霞峰借山館的曬坪邊，看見對面小路上有抬殯的過來，好像是要走到借山館的後面去。殯後隨著一口沒有上蓋的空棺，急急地走到殯前面，直向我家走來。我夢中自想，這是我的棺，為什麼走得這樣快？看來我是不久人世了。心裏頭一納悶，就驚醒了。醒後，越想越覺離奇，就作了一副自輓聯道：

有天下畫名，何若忠臣教子；
無人間惡相，不怕馬面牛頭。

這不過無聊之極，聊以解嘲而已。

到了八月十四日，傳來莫大的喜訊：抗戰勝利，日軍無條件投降。我聽了，胸中一口悶氣，長長地鬆了出來，心裏頭頓時覺得舒暢多了。這一樂，樂得我一宵都沒睡著，常言道，心花怒放，也許有點相像。十月十日是華北軍區受降的日子，熬了八年的苦，受了八年的罪，一朝撥開雲霧，重見天日，北平城裏，人們面有喜色。那天，侯且齋、董秋崖、余倜等來看我，留他們在家小酌，我作了一首七言律詩，結聯云：

莫道長年亦多難，太平看到眼中來。

民國三十五年（丙戌·一九四六），我八十六歲。抗戰結束，國土光復，我恢復了賣畫刻印生涯，琉璃廠一帶的南紙鋪，把我的潤格，照舊的掛了出來。我的第五子良已，在輔仁大學美術系讀書學畫，頗肯用功，平日看我作畫，我指點筆法，也能專心領會，仿我的作品，人家都說可以亂真，求他畫的人，也很不少。十月，南京方面來人，請我南下一遊，是坐飛機去的，我的第四子良遲和夏文珠同行。先到南京，中華全國美術會舉行了我的作品展覽；後到上海，也舉行了一次展覽。我帶去的二百多張畫，全部賣出，回到北平，帶回來的「法幣」，一捆一捆的數目倒也大有可觀，等到拿出去買東西，連十袋麵粉都買不到了。

十二月十九日，女兒良歡死了，年十九歲。良歡幼時，乖巧得很，剛滿週歲，牙牙學語，我教她認字，居然識了不忘，所以乳名小乖。自她母親故去後，鬱鬱不樂，三年之間，時常鬧些小病，日積月累，遂致不起。我既痛她短命，又想起了她的母親，衰年傷心，灑了不少老淚。

民國三十六年（丁亥・一九四七），我八十七歲。三十七年（戊子・一九四八），我八十八歲。這兩年，常有人來勸我遷往南京上海等地，還有人從杭州來信，叫我去主持西湖美術院。我回答他一首詩，句云：

北房南屋少安居，何處清平著老夫？

那時，「法幣」幾乎成了廢紙，一個燒餅，賣十萬元，一個最次的小麵包，賣二十萬元，吃一頓飯館，總得千萬元以上，真是駭人聽聞。接著改換了「金圓券」，一圓折合「法幣」三百萬元，剛出現時，好像重病的人，緩過一口氣，但一眨眼間，物價的漲風，一日千變，比了「法幣」，更是有加無已。囤積倒把的人，街頭巷尾，觸目皆是。他們異想天開，把我的畫，也當作貨物一樣，囤積起來。拿著一堆廢紙似的「金圓券」，訂我的畫件，一訂就是幾十張幾百張。我案頭積紙如山，看著不免心驚肉跳。朋友跟我開玩笑，說：「看這樣子，真是『生意興隆通四海，財源茂盛達三江』了。」實則我耗了不少心血，費了不少腕力，換得的票子，有時一張畫還買不到幾個燒餅，望九之年，哪有許多精神？只得歎一口氣，掛出「暫停收件」的告白了。

<附錄>

看完《白石老人自述》後的感想

羅家倫

這是一篇很好的自傳，很好的理由是樸實無華，而且充滿了作者的鄉土氣味。

我常覺得最動人的文學是最真誠的文學。不掩飾，不玩弄筆調，以誠摯的心情，說質樸的事實，哪能使人不感動？

齊白石自傳最大部分是他口述，而由他的晚輩親戚張次溪筆記的，最後一小部分據張君說是白石親自寫的。白石出生在湖南湘潭縣的農家；一畝水田，幾間破屋，供應五口之家，其窮苦的情形，可以想像。他的父親教他扶犁，「後因年小力弱轉習木工；朝為工，暮歸」。但是在十二歲轉習木工後，仍然好學不倦，總是在每日停工的夜晚，用松節點火讀書習畫，到二十七歲才正式得師指點。那是光緒十五年的時候，他在家鄉賴家壟做雕花木匠……鄉人都稱他「芝木匠」（因為他名叫純芝）。以後受到同鄉胡沁園的賞識，令他讀書；而胡氏所藏名人書畫頗多，使他增長見識，畫藝大進。他對於胡氏的提拔，終身不忘。以後若干年更受到王闓運（壬秋）的賞識，並拜王為師。我當年翻閱王壬秋的《湘綺樓日記》，屢見「齊木匠來」的記載，可見王壬秋對他不及胡沁園的厚道。他在三十歲以後，作畫漸有聲名，「鄉裏的人都知道芝木匠改行做了畫匠，比雕的花還好」。他七十歲時，想起了這件事，作過一首＜往事示兒輩＞的詩，說：「村書無角宿緣遲，廿七年華始有師；燈火無油何害事，自燃松火讀唐詩。」這段記錄毫無掩飾，至今看去，彌覺天真。

以後他繼續學畫，並學會了「揭裱舊畫的手藝」。更進而學作詩、學篆刻印章。我以前見過他刻的圖章，頗像趙之謙（撝叔）的刀法，現在看他自己的記載，果然他從丁龍泓、黃小松二家入手以後，更受了趙氏《二金蝶堂印譜》的影響，以後見《天發神讖碑》又變了刀法，以及《三公山碑》以後又變了篆法，最後才好仿秦權。

他的畫藝，據他自己的記載，最初是學過工筆畫，後改以自然界的現象為師，並且設法體會若干種生物的動態，分別用水墨丹青來表現。但是他一方面不肯「捨真作怪」，一方面「並不一味的刻意求似」，他接上說：「能在不求似中得似，方得顯出神韻。我有句說『寫生我懶求神似，不厭聲名到老低』……我向來反對宗派拘束，曾云：『逢人恥聽說荊關，宗派誇能卻汗顏』，也反對死臨死摹，又曾說過：『山外樓台雲外峰，匠家千古此雷同』；『一笑前朝諸巨手，平鋪細抹死工夫』。因之我就常說『胸中山氣奇天下，刪去臨摹手一雙』。贊同我這見解的人，陳師曾是頭一個。」以上諸詩雖不甚工，卻也能於粗率詞句中表現他的天真和志趣。當時的畫家如陳師曾，曾對他是很有影響的（按：師曾是陳三立先生的兒子，為名畫家，和我很熟；他天資極高，可惜早死）。至於他說他的畫「學八大山人冷逸一路」也不能說是到家。八大的畫筆奇簡而意彌深；白石殊有未逮。白石畫常以粗線條見長，龍蛇飛舞，筆力遒勁，至於畫的韻味，則斷難與八大相提並論。但在當今，已不容易了！

白石具有中國農村中所曾保持的厚道。如他對於恩師胡沁園的感激，是何等的誠摯！他說：「他老人家不但是我的恩師，也可以說是我生平第一知己。我今日略有成就，飲水思源都出於他老人家的一手栽培。一別千古，我怎能抑制得住滿腔的悲思呢？我參酌舊稿，畫了二十多幅畫，都是他老人家生前賞識過的，我親自動手裱好，裝在親自糊紮的紙箱內，在他靈前焚化，同時又作了七言絕詩十四首，又作了一篇祭文……」讀者不要笑這是「土佬

兒」的土氣，這和吳季子掛劍在亡友墳上，同樣地感人！

我在長清華大學的時候，曾偕陳師曾、鄧叔存幾位朋友去拜訪過白石老人。一進大門就看見屏門上貼著畫的潤格，進客廳後又看到潤格貼在牆上，心中頗有反感，以為風雅的畫家，何至於此。到現在看到他這篇自述，了解他從童年一直到老年為生活而艱苦奮鬥的情形，使我以前的這種反感，也消逝於無形了！

齊白石簡要年表

文效　仁愷

一八六四年（清同治三年　甲子）一歲

一月一日（清同治二年癸亥十一月二十二日）生於湖南湘潭白石鋪杏子塢星斗塘一個貧農的家裏。祖父齊萬秉為他取名純芝，字渭清，又字蘭亭。

一八六六年（清同治五年　丙寅）四歲

祖父以柴鉗畫灰寫字，教他認識自己的名字。

一八七〇年（清同治九年　庚午）八歲

開始從外祖父周雨若讀書於白石鋪楓林亭近側的王爺殿。

三月十三日（農曆二月十二日花朝節）開始寫字。

就學期間，裁用習字本的紙作畫。

秋天停學，在家砍柴放牛，自己讀《論語》，把家中的記工賬簿撕下來作畫。

一八七四年（清同治十三年　甲戌）十二歲

三月九日（農曆一月二十一日）父母為他娶陳春君為童養媳。

六月十八日（農曆五月五日）祖父齊萬秉去世。

自此到一八七七年，在家勞動，砍柴、牧牛之外，還要幹打草皮、漚凼子、耘田等農活。

和篾匠左仁滿成為朋友，學吹笛子、拉胡琴，並在夜間用松明火當燈習畫。

一八七七年（清光緒三年　丁丑）十五歲

春天，跟齊仙佑學粗木工。後來又改從齊長齡學粗木工。

一八七八年（清光緒四年　戊寅）十六歲

拜著名的雕花木工周之美為師，逐步學會了師傅的看家本領平刀法；又改進了圓刀法，雕刻了很多新穎的人物和圖案。

一八八一年（清光緒七年　辛巳）十九歲

出師，仍隨周之美在白石鋪附近的幾十里內做木工。同年，與陳春君「圓房」。

自此以後，到一八八七年（清光緒十三年　丁亥），他和周之美合作，雕出了很多精緻的嫁床、花轎、香案。被人稱為「芝師傅」，譽滿鄰里。

工作餘暇，從事繪畫，以殘本《芥子園畫譜》為師，畫些花鳥、人物，送給熟識的農民。

一八八八年（清光緒十四年　戊子）二十六歲

因齊鐵珊的介紹，拜民間藝人蕭薌陔為師，學畫肖像；擅畫肖像的文少可來訪，住了幾宿，盡傳其技法。

冬天，到賴家壟「衙里」做嫁床。

一八八九年（清光緒十五年　己丑）二十七歲

拜胡沁園、陳少蕃為師，學詩畫，並觀摩胡沁園所藏古今書畫。

在鄉間為人作肖像畫，得少許報酬養家。他自得到胡沁園的幫助後，即專習繪畫，脫離了木工生活。

從這年起改名璜，字瀕生，別號白石山人，又號寄園。

與同輩少年王仲言、黎松安、黎雨民等相識，一起學習古典文學。

一八九四年（清光緒二十年　甲午）三十二歲

與王仲言、羅真吾、羅醒吾、陳茯根、譚子荃、胡立三等七人藉五龍山大杰寺結「龍山詩社」，號稱七子。齊白石被推選為社長。

此後，又與黎松安等結「羅山詩社」，常常在一起造花箋（在白紙上作畫，用以謄詩、寫信）、摹刻金石、作畫、吟詩、弄笛。

在此前後，與王仲言、黎松安學刻印。他這時候寫字學何紹基，很有工夫。

一八九九年（清光緒二十五年　己亥）三十七歲

春節後，進湘潭縣城，初次見到王闓運。十一月二十日（農曆十月十八日）以詩文為見面禮，拜王為師。

在此前後，刻印改學丁敬、黃易，規矩精密，可以亂真。稍後刊出了第一套印譜：《寄園印存》。仍努力作畫，日有進境。

一九〇〇年（清光緒二十六年　庚子）三十八歲

從星斗塘遷出，佃居蓮花峰下的梅公祠，自稱百梅書屋，後來又在院內蓋起一間小房，名「借山吟館」。

一九〇一年（清光緒二十七年　辛丑）三十九歲

祖母逝世。

在「借山吟館」致力繪畫外，同時還在作詩方面下苦工夫。讀書刻不離手，如渴不離飲，飢不離食。

一九〇二年（清光緒二十八年　壬寅）四十歲

識夏午詒、李梅庵、郭葆生等。冬季，應夏午詒的聘請，赴西安教畫。風雪過灞橋，遠看華山，留下深刻的印象。

在西安認識了樊樊山，盡觀其所藏名畫，八大山人、金農、羅聘諸家的畫冊，對他的創作很有影響。樊並為他寫訂「刻印潤例」。

由湘潭赴西安路過洞庭湖時畫《君山圖》和《洞庭看日圖》。

從這一年起，他的花鳥畫開始改變作風，走上了寫意畫的途徑。

一九〇三年（清光緒二十九年　癸卯）四十一歲

春天，從西安到北京，識書法家曾農髯，晤李筠庵，開始臨寫魏碑。

夏午詒要為他向慈禧太后推薦作內廷供奉，堅辭之。

夏天從北京過上海，六月間回湖南。這就是他「五出五歸」中

的第一次遠遊。

在此前後，創作《借山吟館圖》，自畫所經歷之境，樊樊山等都題了詩。

這一年，在西安赴北京途中，畫有《華山圖》和《嵩山圖》。

一九〇四年（清光緒三十年　甲辰）四十二歲

春天，隨王闓運赴江西，遊廬山、南昌等地，畫《滕王閣》。從王學古典文學。

八月二十九日，也就是農曆的七夕 — 乞巧節，王闓運為撰＜白石草衣金石刻畫序＞，極力推重他的見官就躲的高尚品德。

中秋前後回鄉，結束了「五出五歸」中的第二次遠遊。刊出了第二次印草：《白石草衣金石刻畫》。

在此前後，書法改學爨龍顏碑，題畫款識仿金冬心體。

從江西回來後，刪去「借山吟館」中的「吟」字，但名「借山館」。

一九〇五年（清光緒三十一年　乙巳）四十三歲

八月（農曆七月）赴廣西，遊覽了山水甲天下的桂林，一探陽朔之勝，作有《獨秀峰圖》、《灕江泛月圖》。

和蔡鍔相識。並與一自稱姓張的和尚往來，後來才知道他就是黃興。《梅花圖卷》是他遠遊廣西前數日的作品。

一九〇六年（清光緒三十二年　丙午）四十四歲

春節過後不久，過梧州經廣州到欽州，郭葆生留他教畫。觀摩郭所藏徐渭、八大山人、金冬心諸名家的真跡。自己用功作畫，也常為郭代筆。

秋天，回到湘潭，以教畫的薪金買下了茶恩寺附近茹家衝的一所舊屋、幾十畝水田。這是他「三出三歸」。

十一月八日（農曆九月二十一日）周之美去世。

一九〇七年（清光緒三十三年　丁未）四十五歲

一月四日（農曆十一月二十日）全家移居茹家衝。

春天，再赴欽州作客。

春夏之間，小住肇慶，遊端溪，登鼎湖山，觀飛泉潭。又到東輿，過鐵橋到侖河南岸觀越南風景，把「半春人在畫中居」的芒市風光收入《借山圖》。

冬，回到湘潭，「四出四歸」即是指此。

一九〇八年（清光緒三十四年　戊申）四十六歲

春天，仍遊廣東。

以刻印謀生。因為同情孫中山領導的資產階級民主革命，曾冒著危險傳遞過革命文件。

秋，回湘潭沒住幾天，又去廣州。臨張叔平畫。在一幅《荷花》上題道：「客論畫荷花法，枝幹欲直欲勻，花瓣欲緊欲密，余答曰，此語譬之詩家屬對，紅必對綠，花必對草，工則工矣，未免小家習氣。」

一九〇九年（清宣統元年　己酉）四十七歲

在廣州過年後又去欽州，初夏乘海輪去上海。以賣畫為生。從夏到秋，遊蘇州，登虎丘；還去南京訪大書法家李梅庵，為製石印三方。

十月（農曆九月）返湘，歸途中畫《小孤山圖》，結束了「五出五歸」的遠遊生活。

刻出第三次印譜，仍名《白石草衣金石刻畫》。

這個時期的作品，時有佳趣，如《蘆雁》和《梅花喜鵲》等。

一九一〇（清宣統二年　庚戌）四十八歲

開始回到山居生活中來。在茹家衝葺「寄萍堂」，用功學習古文詩詞。整理遠遊中的畫稿，作《借山圖》。

作《石門二十四景》畫冊，是遠遊歸來後有數的佳構。

一九一一年（清宣統三年　辛亥）四十九歲

春天，赴長沙，請王闓運替祖母作墓誌銘。偶作肖像畫，畫上留「湘潭齊璜偶然畫像記」小印一方。

十月，湖南響應武昌起義，宣佈獨立，他正在家鄉，曾為此表示高興。

一九一二年（農曆壬子年）五十歲

山居。吟詩作畫。自此以後，他對八大山人、石濤、李復堂

的花鳥畫多所取法。草蟲寫生，多功致，間或以寫意出之。

九月（農曆八月）迎胡沁園來「寄萍堂」小住。也時往來於韶塘、石潭壩、白泉等處。

一九一三年（農曆癸丑年）五十一歲

山居。致力於繪畫、治印、吟詩。臨《鄭文公碑》與李北海《麓山寺碑》。

一九一四年（農曆甲寅年）五十二歲

山居。雨水節前數日，手植梨樹三十餘株。

五月二十二日（農曆四月二十八日）胡沁園去世。撰＜哭沁園師詩＞十四首，輓聯一副。

一九一五年（農曆乙卯年）五十三歲

王闓運逝世，專程往哭奠。

山居。仍致力於詩、書、畫、印。

一九一六年（農曆丙辰年）五十四歲

山居。這幾年中，畫筆更加簡練。《公雞雞冠花》、《蘆蟹》、《秋蟲》等圖，為此時代表作。

在此前後，他刻印學趙撝叔（之謙），寫字學金冬心，都能得其神髓。

一九一七年（農曆丁巳年）五十五歲

六月間，為避軍閥和地方土匪之擾，赴北京。六月三十日（農曆五月十二日）到達。正碰上「張勳復辟」醜劇，段祺瑞出兵馬廠，他又冒著火車從彈雨中穿過的危險，匆匆去天津避難。

局勢稍定，從天津回到北京，由排子胡同移榻炭兒胡同，再遷法源寺如意寮，和老朋友「知詩者樊樊山，知刻者夏午詒，知畫者郭葆生」往來很密。新交有陳師曾、姚茫父、陳半丁、羅癭公等人。張仲颺、易實甫、楊潛庵等也經常見面。其中和陳師曾訂交，對後來的齊白石有極大的影響。

以《白石詩草》請樊樊山評定，七月二十一日（農曆六月初三日）樊為之題記。極力稱讚他的詩「意中有意，味外有味」。

八月（農曆六月）陳師曾為《借山圖》題詩，勸他「畫吾自畫自合古，何必低首求同群！」

冬天，離京返湘，十一月二十四日（農曆十月十二日）到家。

一九一八年（農曆戊午年）五十六歲

鄉居。在軍閥土匪侵擾中，一度避居紫荊山下，作畫吟詩，從未間斷。

一九一九年（農曆己未年）五十七歲

春，再來北京，先寓法源寺，後佃居龍泉寺附近，與胡寶珠結婚，從此定居北京。

冬，還家省親。

一九二〇年（農曆庚申年）五十八歲

春，回到北京，自龍藏寺附近移居宣武門內石燈庵。不久，又遷居象坊橋觀音寺。

從尹和伯學畫梅花。春日作《花果畫冊》，有一頁題道：「吾畫梅學楊補之，由尹和伯處借鉤雙鉤本也。友人陳師曾以為工，真勞人，勸其改變。」後來，在一九四六年刊行這個畫冊時，他在題詩後附記說：「予五十歲後之畫，冷逸如雪個。避鄉亂竄於京師，識者寡。友人陳師曾勸其改造，信之，即一棄。」正是這樣，在「五四」新文藝思潮的巨大影響下，在好友的勸告下，他開始了「改造」，在繼承優秀遺產的基礎上，深入生活發展個性，獨創門戶。與此同時，在刻印方面也在「去雕琢，絕摹仿」，自闢道路。

夏天，因直皖軍閥之亂，一度移居東城帥府園六號。

這一年認識了梅蘭芳。

十一月（農曆十月）還鄉省親。《桐葉蟋蟀》和《扁豆》，是他這一年回湖南前後的作品。

一九二一年（農曆辛酉年）五十九歲

春，回北京。十月還鄉省親，重陽節（十月二十日）到家。不久又回北京。

一九二二年（農曆壬戌年）六十歲

春，還湘，居長沙。約在六月間回北京。

陳師曾到日本開中國畫展覽會，他的作品也同時展出。

一九二三年（農曆癸亥年）六十一歲

在北京，居西四三道柵欄六號。

陳師曾在南京病死。數次題詩哀悼好友。開始記《三百石印齋記事》（是一本不連續的日記）。

一九二五年（農曆乙丑年）六十三歲

在北京。有人勸遊日本，被拒絕。

三月二十三日（農曆二月二十九日）大病，人事不知者七晝夜。半月後，始能起坐。在一個短時期內停止作畫、刻印。梅蘭芳、徐悲鴻為選印畫集，推崇他「由正而變，妙造自然」。

冬天，因日寇侵略，一度遷居。

一九二六年（農曆丙寅年）六十四歲

春初，還湘，不久又回北京。

四月二十三日（農曆三月二十三日）母親周夫人去世。

八月二日（農曆七月五日）父親齊貰政先生去世。

兩度停止作畫、刻印。

遷居西城跨車胡同十五號。在這以前，曾居高岔拉（高華里）一號。

一九二七年（農曆丁卯年）六十五歲

在北京。

任教於北京藝術專科學校。

一九二八年（農曆戊辰年）六十六歲

在北京。

國民革命軍到北京，改稱北京為北平。

約在這一年前後作＜功致草蟲＞詩，前有短記：「余平生功致畫未足暢機，不願再為，作詩以告知好。」

印行《白石印草》。

印行《借山吟館詩草》（手寫本影印）。

一九三一年（農曆辛未年）六十九歲

在北平。

九月十八日，日本帝國主義發動「九一八」事變，旋即侵陷東北。他在重九節吟詩譴責國民黨政府的內部腐朽、對外不抵抗政策。

一九三二年（農曆壬申年）七十歲

在北平。

一九三三年（農曆癸酉年）七十一歲

在北平。

印行《白石詩草》(八卷鉛印本）。

七月（農曆六月）親手拓存《白石印草》，仍冠以王闓運序，並有自序。

因日寇侵略，春夏間再度遷居。

一九三五年（農曆乙亥年）七十三歲

在北平。

初夏，還湘，四月三日到家，十四日回北平。

這幾年的畫作有《蘆蟹》、《蝴蝶蘭》、《枯樹鴉棲》、《松樹八哥》等。

一九三六年（農曆丙子年）七十四歲

遊四川，五月七日到重慶，十六日到成都，八月出川，九月五日回北平。

在川識方旭、黃賓虹。

一九三七年（農曆丁丑年）七十五歲（自署七十七歲）

因長沙舒貽上算命，用瞞天過海法，從這一年起，加了兩歲，再加虛歲，自署七十七歲。

七月九日北平淪陷。自此在悲憤中突然改變脾氣，不輕易見客，不應酬，不照相，送禮的也不回答。

一九三八年（農曆戊寅年）七十六歲（自署七十八歲）

《三百石印齋紀事》終於這一年。

為長沙瞿氏作《超覽樓楔集圖》。

一九三九年（農曆己卯年）七十七歲（自署七十九歲）

先後貼出告白，謝絕見客，不直接接收定件，最後乾脆拒絕

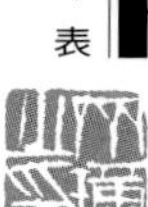

作畫刻印。

《寒夜客來茶當酒》大約作於此年。

一九四〇年（農曆庚辰年）七十八歲（自署八十歲）

妻陳春君去世。撰＜祭陳夫人＞文。

《白石自狀略》撰成。

農曆正月書＜畫不賣與官家＞告白，以反抗日寇及漢奸們的騷擾。

《天真圖》和《櫻桃枇杷荔枝》作於是年。

一九四二年（農曆壬午年）八十歲（自署八十二歲）

《九秋圖》、《漁家樂》約作於這年前後。

一九四三年（農曆癸未年》八十一歲（自署八十三歲）

撰＜遇丘生石冥畫會＞短文。

這年＜自跋印章＞文中，有「不為摹、作、削三字所害」之語。《雞雛》立幅作於是年。

一九四四年（農曆甲申年）八十二歲（自署八十四歲）

一月，繼室胡寶珠歿。

六月七日，北平藝術專科學校送來配給門頭溝用煤通知，去信拒絕說：「白石非貴校之教職員，貴校之通知誤矣……」將原件退回。

一九四五年（農曆乙酉年）八十三歲（自署八十五歲）

八月十五日，日寇無條件投降。

《牡丹》是這年的作品。

一九四六年（農曆丙戌年）八十四歲（自署八十六歲）

十月，被國民黨文化特務挾持去南京、上海，許多牛鬼蛇神榨取了他不少的作品。

一九四八年（農曆戊子年）八十六歲（自署八十八歲）

國民黨政府統治搖搖欲墜，通貨膨脹，賣畫收入，幾同廢紙。

一九四九年（農曆己丑年）八十七歲（自署八十九歲）

一月三十一日，北平解放。從此，他的藝術生活，開始進入新的階段。

北平解放不久，因轉寄湖南周先生的一封信，毛澤東寫信向他致意。

參加了周恩來總理的招待宴會。

刻石印兩方獻給毛主席。

十月一日中華人民共和國成立。

任中央美術學院名譽教授。

以愉快的心情清理出多年積存的宣紙，每天都要畫幾張畫，曾畫過手執鐵鎚的工人和一個農民並肩行進的作品，用來歌頌工農聯盟。不止一次地刻過「為人民服務」和「學工農」的印章。

自此以後，他作畫更勤，花鳥居多。

一九五〇年（農曆庚寅年）八十八歲（自署九十歲）

四月間，一個風日晴和的下午，第一次作為毛澤東的客人，和毛澤東主席共進晚餐，朱德副主席作陪。毛澤東對他的健康和藝術生活極為關懷，使他深受感動。被聘為中央文史研究館館員。

對新中國充滿熱愛，這年在給東北博物館所寫的立幅上，大書「願天下人人長壽」七字。

十月，把自己八十二歲所作的最好一幅作品《鷹》和一副「海為龍世界，雲是鶴家鄉」的篆書對聯，獻給毛澤東。

冬天，以作品參加北京市「抗美援朝書畫義賣展覽會」，支援中國人民志願軍，聲討美帝國主義侵略朝鮮的罪行。

他這年創作的畫幅很多，曾為《人民畫報》畫《和平鴿》。

一九五一年（農曆辛卯年）八十九歲（自署九十一歲）

二月，作畫十餘幅參加了瀋陽市舉辦的「抗美援朝書畫義賣展覽會」。

為了給世界和平貢獻出自己的一份力量，他每日觀察家裏所養的鴿子，準備新的創作。

這年的作品有《墨蟹》、《和平鴿》和《青蛙剪刀草》等，後一幅在宣紙背面用柳炭寫「上上神品」四字。

一九五二年（農曆壬辰年）九十歲（自署九十二歲）

這一年，亞洲及太平洋區域和平大會在北京召開，他用了整整三天的工夫，在「丈二匹」宣紙上彩繪了《百花與和平鴿》巨幅，贏得了中外和平人士的讚佩。此後，他創作了更多的題為《和平勝利》、《和平萬歲》的作品。

被選為中國文學藝術界聯合會主席團委員。

他的畫冊由北京榮寶齋用木板水印法複製，非常逼真。這是解放後國家出版機構第一次出版他的專集。他也常去琉璃廠榮寶齋，與那裏的工人談話。

他的作品，仍在不斷革新。這年所畫的《荷花倒影》立幅，就是一個新的創作。

一九五三年（農曆癸巳年）九十一歲（自署九十三歲）

一月七日，恰恰是農曆壬辰年十一月二十二日，是他改訂後的九十三歲的生日。北京文化藝術界舉行了慶祝會，並展出作品四十多件。出席慶祝會的有文化部副部長周揚、美術學院院長徐悲鴻及美術界人士二百餘人。會上李濟深講了話，周揚副部長代表文化部授予了榮譽獎狀，稱他為中國人民傑出的藝術家。

晚間，中華全國美術工作者協會及中央美術學院舉行宴會，周恩來總理出席祝賀。

擔任北京中國畫研究會主席。

九月，參加了中華全國美術工作者協會主辦的「第一屆全國國畫展覽會」。

十月四日，當選中國美術家協會第一任理事會主席。

十二月，用一個上午的時間，為東北博物館寫完了＜黨在過渡時期的總路線＞全文。作《祝融朝日》立幅，歌頌毛主席。

這一年，估計作畫大小六百多幅，刻印還未計算在內。下很大工夫，為東北博物館畫冊頁一部。

一九五四年（農曆甲午年）九十二歲（自署九十四歲）

一月，為東北博物館破例作《折枝花卉卷》，並在他的三子子如所畫昆蟲冊上補花卉。

三月，東北博物館舉辦了「齊白石畫展」，他致信道謝說：「白石老年，身逢盛世，國內外人士對余畫之喜愛，應感謝毛主席與中國共產黨對此道之倡導與關懷。」

四月二十八日，中國美術家協會在北京故宮博物館舉辦「齊白石繪畫展覽會」。

八月，湖南人民選舉他為全國人大代表，他感到無上光榮。特地為《新湖南報》畫了一幅畫，感謝湖南人民對他的信任。

九月十五日，出席了首屆全國人民代表大會第一次會議。

十月，參觀了蘇聯展覽館，特別在造型藝術館逗留較久，與蘇聯的幾位名畫家會見。

在這一年中，他仍不倦地從事創作。

一九五五年（農曆乙未年）九十三歲（自署九十五歲）

二月十七日，參加了首都文學藝術界響應世界和平理事會關於發動大規模反對使用原子彈武器的簽名大會，他在會上講了話，斥責美帝國主義，在《告世界人民書》上簽下了自己的名字。

六月，與陳半丁、何香凝、于非闇等十四位畫家用半個月的時間集體創作巨幅《和平頌》，由中國出席世界和平大會的代表團帶往芬蘭赫爾辛基獻給大會。

解放以來，特別在這一年中，他熱情而誠懇地接待了許多國際名畫家。蘇聯畫家米・格拉西莫夫把自己一冊畫集送給他；維・謝・克里馬申為他畫了一幅神采奕奕的畫像；亞・扎什金研究了他的藝術成就，在莫斯科作過多次報告。

遷往北城後門雨兒胡同。這是政府專門為他修理的新居。

十二月十一日，德意志民主共和國總理格羅提渥、副總理兼外交部長博爾茨來中國訪問，代表德國藝術科學院授予齊白石通訊院士的榮譽狀。他將自己的精品《鷹》送與格羅提渥總理，《菊花蝴蝶》送給博爾茨副總理。

一九五六年（農曆丙申年）九十四歲（自署九十六歲）

一月十二日和二月三日，蘇聯對外文協和藝術工作者，先後在莫斯科和基輔集會慶祝他九十六歲誕辰。

四月二十七日，世界和平理事會書記處宣佈把一九五五年國際和平獎金授予中國畫家齊白石。

蘇聯對外文化協會理事會和有關的藝術團體拍來電報，表示祝賀；著名的日本和平人士、國際和平獎金獲得者畫家赤松俊子和丸木位里也來信表示誠摯的賀意。

九月一日，首都隆重地舉行了授予齊白石世界理事會國際和平獎金儀式。郭沫若以世界和平理事會副主席的名義主持了這個儀式並致賀詞。茅盾代表世界和平理事會國際和平獎金評議委員會授予榮譽獎狀、一枚金質獎章和五百萬法郎的獎金，並致賀詞。周恩來總理也親自來到會場，向他祝賀，並在一起親切交談。先後收到國內外不少的賀電、賀信。這年又回到西城跨車胡同十五號「白石畫屋」居住。

一九五七年（農曆丁酉年）九十五歲（自署九十七歲）

五月十五日，擔任北京中國畫院名譽院長。

春夏之際開始患病。

政府再度修飾跨車胡同的「白石畫屋」。

五月二十二日下午，毛澤東主席派人來慰問他。

五～六月間，坐特製的安樂椅，最後一次遊覽了陶然亭。作了最後一幅作品《牡丹》。

九月十五日臥病，十六日下午三時轉劇，四時送北京醫院，六時四十分逝世。

以郭沫若為主任的「齊白石治喪委員會」成立。

九月十七日遺體在北京醫院入殮。照他生前的囑咐，把刻著自己姓名籍貫的石印兩方和使用了快三十年的紅漆拐杖等一併入殮。

九月二十一日，北京各界人士絡繹不絕地前來祭奠。

九月二十二日上午七時三十分，在嘉興寺舉行公祭，周恩來總理和中央許多負責同志都參加了公祭。參加公祭的，還有外國駐中國大使館的代表。由郭沫若主祭。祭畢，移靈西郊湖南公墓安葬。

齊白石逝世後的第二年，即一九五八年元旦，中華人民共和國文化部和中國美術家協會在北京展覽館文化館舉辦了「齊白石遺作展覽會」，展出他一八八三年到一九五七年所作的畫五八四件，畫稿、手稿，詩箋、畫集、印譜和手治石印三〇六件。還由中國美術家協會召開了幾次座談會。全國各大城市也先後舉辦了齊白石遺作展覽和座談會。

一九六三年

齊白石被選為世界十大文化名人之一。

作品圖版目錄

◆ 正文前

◆ 從識字到上學

◆ 從砍柴牧牛到學做木匠

◆ 從雕花匠到畫匠

◆ 詩畫篆刻漸漸成名

◆ 五出五歸

◆ 定居北京

◆ 避世時期

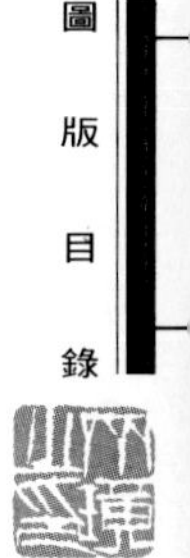

國家圖書館出版品預行編目資料

白石老人自述／齊白石著. -- 初版. -- 臺北市
：臉譜出版：城邦文化發行, 2001〔民 90〕
面； 公分. --（臉譜書房；FS0002）

ISBN 957-469-390-2（平裝）

1. 齊白石 - 傳記 2. 畫家 - 中國 - 傳記

940.9886 90003688